Die Journalistin Valerie Vogler wird von der extrem gehypten vierköpfigen Künstlergruppe AURORA nach Spitzbergen eingeladen. Sie soll einen Artikel über deren nächste große Arbeit schreiben, muss dafür aber einige »Bedingungen« des Kollektivs befolgen.

Es bleibt jedoch nicht beim Blick von außen auf das Schaffen der Gruppe; Unstimmigkeiten und Ungereimtheiten innerhalb von AURORA werden sichtbar. Das scheinbar makellose und genialische Image bekommt Risse. Zudem holen die junge Frau Ereignisse aus ihrer Vergangenheit ein. Sie wird immer mehr in das undurchsichtige Geschehen und Treiben des Kollektivs verwickelt.

Was geht in dem Atelier wirklich vor? Und was planen die Künstler Lasse, Gunnar, Per und Henrik tatsächlich mit der Journalistin? Was zuerst nach der Möglichkeit für den großen journalistischen Durchbruch aussieht, entpuppt sich als höllischer Trip.

Constantin Schwab wurde 1988 in Berlin geboren und wuchs in Kärnten auf. Er studierte Theater-, Film- und Medienwissenschaft in Wien, wo er heute auch lebt. Seine Geschichten werden regelmäßig in Literaturzeitschriften und Anthologien veröffentlicht. 2019 gewann er den Emil-Breisach-Literaturpreis der Akademie Graz. Im selben Jahr erschien der Erzählband *Der Tod des Verführers. Das Journal der Valerie Vogler* ist sein Debütroman.

Constantin Schwab

# Das Journal der Valerie Vogler

Roman

Literaturverlag Droschl

Ich ging mit zwei Freunden den Weg entlang – dann ging die Sonne unter – der Himmel wurde plötzlich blutrot – ich hielt an, lehnte mich todmüde an einen Zaun – über dem blauschwarzen Fjord und der Stadt lagen Blut und Feuerzungen – meine Freunde gingen weiter und ich stand immer noch zitternd vor Angst – und ich fühlte, dass ein großer unendlicher Schrei durch die Natur ging.

Edvard Munch

# Vorbemerkung der Herausgeber

Um neues Licht auf das Schicksal der Valerie Vogler zu werfen, legen wir hiermit erstmals die vollständige Abschrift ihrer persönlichen Aufzeichnungen vor, beginnend mit Montag, den 5. November 2018, Tag ihrer Ankunft.

Auf Kommentare und Eingriffe in den Text wurde soweit wie möglich verzichtet. Die meisten der von Vogler verwendeten Abkürzungen erschließen sich aus dem Kontext (F/A = Frage/Antwort, M = Memo, Th = These/Theorie), manches bleibt Spekulation (um wen oder was es sich bei S. handelt, ist bisher noch unklar). Handschriftliche Hervorhebungen wurden einheitlich kursiv gesetzt. Stellen, die von Vogler unkenntlich gemacht wurden, sind als solche gekennzeichnet. Vier Seiten fehlen.

# Das Journal

Valerie Vogler

5.11.2018 –

## 5. November

Es wird nicht hell. Mein Display zeigt 12:13, der Himmel zeigt Dunkelheit. Die nächsten sieben Tage wird es so bleiben, ich werde mich daran gewöhnen müssen, nicht mehr auf Licht zu hoffen. Wie kann man bloß freiwillig hier leben, hier arbeiten, wo es das halbe Jahr nicht hell und den Rest des Jahres nicht dunkel wird? Muss man hier vielleicht zwei Leben führen? Eines mit, eines ohne Licht?

✦

Die Einladung von AURORA wirkte respektvoll, penibel im Ton, aber wer weiß, wie sie wirklich sind; ich kenne weder ihre Namen noch ihre Anzahl, weiß nicht einmal, ob mich Frauen oder Männer erwarten – die Dauer, das ist alles, was ich sicher weiß. Am Schreibtisch klangen sieben Tage nicht lange, im Grunde viel zu kurz, um nur annähernd genug anzuhäufen, mitzunehmen, noch dazu mit ihren seltsamen Allüren, oder »Bedingungen«, wie sie es nennen. – Jetzt bin ich hier auf Spitzbergen, es ist 12:22, es ist dunkel, und sieben Tage erscheinen mir eine Ewigkeit.

✦

Spitzbergen. Noch nie war ich so weit weg von zu Hause, noch nie so hoch im Norden. Was weiß ich schon über diese Gegend hier, das Klima, das Eis? Am Flughafen lese ich noch schnell ein paar Artikel über das Inselleben auf »Svalbard«, überfliege eine Liste mit norwegischen Vokabeln – das ist alles, für mehr reicht die Zeit nicht. Die Einladung, der Flug über Oslo, alles kam so unerwartet, so kurzfristig, der Kopf war gerade noch bei Monet und Giverny, als die Hände schon zusagten – es war immerhin AURORA, da überlegt man nicht. Ich glaube, nein, bin mir sicher, ich bin die erste heimische Journalistin, die sie zu sich einladen. Was sage ich: der erste Mensch, den sie zu sich einladen. In *ihr* Reich, ihre Werkstatt. Da überlegt man einfach nicht.

✦

Wo aber ansetzen? Bei Ibsen, Munch? Guter Punkt. – F: Wie hat Munchs Werk Ihre Arbeit beeinflusst? Betrachten Sie seine Seelenlandschaften als künstlerisches Vorbild? – Ich erinnere mich noch seltsam klar an die letzte Munch-Retrospektive in der Albertina: *Liebe, Tod und Einsamkeit*, das war der große Titel damals, und tatsächlich war das einmal nicht übertrieben, war gerade bescheiden genug, um seiner Biografie gerecht zu werden. Schon als Kind hatte Edvard Munch die halbe Familie verloren, schien wie besessen vom Tod, kränkelte, fror ständig, lebte in permanenter Angst, der Nächste zu sein – und wurde 80 Jahre alt. Wie muss sich das anfühlen, in der ständigen Angst zu leben, gleich sterben zu müssen – und es dann doch nicht zu tun? In seinem Werk hat Munch dieses Gefühl verarbeitet, hat die Angst an der Schwelle eingefangen wie kein zweiter; seit dem *Schrei* habe ich kein Kunstwerk mehr erlebt, in dem der Tod und die Einsamkeit in der dauernden Furcht vor ihm so berührend, so glaubwürdig eingefangen wurden – bis AURORA ihre ersten Bilder ausgestellt hat.

✦

AURORA ist ein Rätsel. Bald spielt der Name in einer Liga mit Jeff Koons, und immer noch weiß niemand, wer dahintersteckt. Und wie viele? Ein paar Kollegen wollten mir erklären, AURORA sei eine heroische Einzelgängeraktion, ein Genie mit gigantischem Netzwerk, wie Banksy. Aber was wissen wir schon *wirklich* über Banksy? Nein, ich glaube eher, sie sind zu sechst: A-U-R-O-R-A. Der Begriff selbst könnte ein Hinweis sein, vielleicht die Aneinanderreihung der ersten Buchstaben ihrer Vornamen; der Gedanke ist naheliegend. Aber vielleicht ist auch das gewollt, vielleicht ist auch dieser Hinweis nur ein Teil des Plans, der gezielten Verwirrung.

✦

Ich sollte abgeholt werden. In der Einladung war die Rede von einem Kurier (»courier«, ein merkwürdig musealer Begriff), der an der Anlegerstation schon auf mich warten würde; doch hier ist niemand. Hier ist überhaupt nichts, außer Dunkelheit, und auch die ist im Grunde nur ein

Mangel an Licht. Zwanzig Minuten warte ich jetzt schon, sieben Schichten, und dennoch spüre ich die Kälte, das Gefühl in der Linken lässt langsam nach, die Handschuhe taugen nichts. Es ist ungewohnt, wieder mit Papier und Stift zu schreiben, aber ich muss es üben, muss es mir angewöhnen, weil ich keine andere Wahl habe. Drei Bedingungen gelten in der Werkstatt, die erste wurde schon in der Einladung genannt, sie schien mir übertrieben, tut es immer noch, aber vermutlich muss man es als Teil der Inszenierung sehen, ich solle alles per Hand aufzeichnen, sagten sie; ein Spiel, das alles, nur ein kunstvolles Spiel. Doch nicht der Markt bestimmt die Regeln, AURORA bestimmt sie. Dort hinten kommt jemand.

✦

Also schön, ich lag falsch: sie sind zu viert. Vier Künstler, vier Männer. Ich bin überrascht, zugegeben, nachdem mich der Kurier wortlos abgeliefert hat, wie ein Paket (ich stellte mir vor, jemand hätte ihm die Zunge rausgeschnitten, ein altes, norwegisches Ritual, um die Mysterien der Insel zu bewahren), ich hätte mir ein anderes Verhältnis erwartet, in einem skandinavischen Land. 50:50, mindestens. Aber gut, vielleicht auch deshalb diese betonte Anonymität, die Geheimniskrämerei – wo die Geschlechter nicht aufscheinen, kann auch kein Sturm zwischen ihnen wüten. Clever.

✦

Die erste Bedingung: Ich muss mein Handy abgeben. Noch einmal scrolle ich durch die kurze Vokabelliste, blicke noch einmal auf das Display, es zeigt 14:02, danach verschwindet die Zeit; ich habe vergessen, mir eine Uhr zu besorgen. Die letzte Armbanduhr, wann war das? Eine rosa Flik Flak zum achten Geburtstag, oder war es der neunte? Vor zehn Minuten – oder schon einer Stunde? – wurde ich aufgefordert, das Handy in einen kleinen, roten Samtbeutel zu legen, der verschnürt und verstaut wurde (ich konnte nicht sehen, wohin). Sie hatten mich vorgewarnt, natürlich, schon in der Einladung, und doch trifft mich die Maßnahme völlig unmittelbar und unvorbereitet, als wäre es eine Überraschung, ein Anschlag, ein Schrei, und für eine Sekunde, da fühle ich mich wirklich wie ein Motiv von Edvard Munch – dann schüttle ich mir den Gedanken wieder aus dem Kopf. Ich sage mir, es ist pervers und überzogen, den Verlust des Handys mit der Munchschen Todesangst zu vergleichen. Ich sage mir, es ist nichts dabei, ich sage, es ist nicht schlimm, eine Woche ohne auszukommen. Ich lüge.

✦

Die Werkstatt besteht aus sieben Räumen: Küche, Bad, Arbeitszimmer, zwei Schlafzimmer, ein Gästezimmer (meines); als ich nach dem siebten Zimmer frage, erhalte ich keine Antwort. Später sagt jemand (ich habe vergessen, wer), ich solle mich nicht bemühen, es sei leer und unbenutzt, also unwichtig. Die Gleichgültigkeit in der Aussage schien mir schwer gekünstelt; ich werde später darauf zurückkommen. Auch auf die Frage, wofür mein Zimmer früher wohl benutzt wurde. Es scheint doch merkwürdig, ein Gästezimmer einzuplanen, es herzurichten und zu pflegen, wenn man in fünf Jahren nicht einen Gast in seine Werkstatt lädt.

✦

Das Mittagessen überspringen wir (gut so, mir fehlt jeder Hunger), viel wichtiger ist den Künstlern das gemeinsame Abendmahl, es hat Priorität in der kommenden Woche, ist ein Bestandteil des Prozesses, sagen sie. Ich habe ausgiebig Zeit, mich in meinem Zimmer aufzuwärmen, mich einzurichten, einzulassen, ein Konzept zu formen, vielleicht ein paar Fragen zu formulieren, doch stattdessen bleibe ich wieder nur an einer einzigen hängen – an dieser einen, ungeklärten Frage, die seit dem Abflug von Schwechat grell aufblitzt, wenn ich die Augen schließe: Warum ich?

✦

Erst als sie mich zum Abendessen rufen, erfahre ich ihre Namen, stellen sie sich knapp vor: AURORA, das steht für Lasse, Gunnar, Per und Henrik. Ich bin die erste Person, die das weiß, die erste Außenstehende, die ihre Gesichter sieht; die leibhaftigen Gesichter hinter der letzten, ungreifbaren Sensation am Kunstmarkt – saubere, gepflegte, vollbärtige, blass-rötliche Künstlergesichter, allesamt so betont unbetont, so geschlossen in ihrem Auftreten, dass sie wie eine Einheit wirken, ein Band aus vier Brüdern. In ihren weißen Kitteln und den daraus wachsenden dunklen Rollkrägen erscheinen sie mir wie eine intellektuelle, nordische Version der Dalton-Brüder. Der längste Dalton wäre Gunnar, dann kommt Lasse, Per (der einzige, der Mütze trägt), und Henrik ist klar der kleinste. Der Größte war langsam, der Kleinste gewitzt; die beiden anderen ziemlich austauschbar. Aber wichtig für das Kollektiv, das waren sie alle.

✦

Wir essen im Arbeitszimmer, es wirkt erstaunlich aufgeräumt. Das Einzige, das hier auf rege, künstlerische Produktion hinweist, sind die vielen Kerben, Löcher, Reliefs und eingetrockneten, dunklen Farbspritzer auf dem unverhüllten, duftenden Buchenholztisch (im Grunde eine gigantische Werkbank), an dem wir essen. Valerie Vogler, sage ich nach einer exzellenten Brotsuppe, so heißt auch meine Großmutter; es gibt mich also zweimal in der Familie. Eine Reaktion bleibt aus. Ich senke den Blick auf meinen Löffel und frage die Künstler nach ihren Nachnamen. Wozu Nachnamen, sagt Lasse, sein Englisch ist akzentfrei, perfekt, in der Werkstatt, da brauchen wir keine Nachnamen. In der Werkstatt, da gibt es uns nur einmal.

✦

Nach dem Hauptgang (Seeteufelfilet mit gedünsteten Schalotten auf Karfiolschaum) wird eine Art Haferstollen mit reichlich Zimt serviert, Henrik hat ihn gemacht, dazu Kaffee, altmodisch und ehrlich aus der Filtermaschine. Milch gibt es keine. Kaffee trinkt man schwarz oder gar nicht, sagt Henrik und schenkt mir nach, ohne zu fragen. Mir ist die Brühe drei Stufen zu stark, ich trinke sie trotzdem, werde diese Nacht ohnehin kein Auge zutun. Ich habe nachmittags versucht, meine Fragen zu ordnen, heute noch ein paar brauchbare Informationen aus den dichten Künstlerbärten zu kitzeln, denn im Grunde weiß ich immer noch nicht recht, wie ich mir die nächsten Tage hier vorstellen soll. Doch bevor ich die erste relevante Frage stellen kann, überrascht mich Lasse mit einer plötzlichen Handbewegung; auf seinen Wink fasst Gunnar unter die Werkbank, zieht einen weißen Kittel hervor und reicht ihn mir über den Tisch: die zweite Bedingung. Ich zögere, bevor ich ihn an mich nehme; beim Anblick des unverbrauchten, klinisch sauberen Stoffes denke ich erst an einen Chirurgen, dann an einen Künstler. Ob das wirklich notwendig ist, frage ich skeptisch. Die Männer nicken. Wer in der Werkstatt ist, sagt Lasse, der trägt Kittel.

✦

Nach dem Kaffee kommt der Wein; ich lehne ab, sage, ich trinke nicht. Ergänze, nicht während der Arbeit, fühle mich mehr verpflichtet als überzeugt – die Flasche sieht sündhaft teuer aus. Gunnar grinst. Ich weiß, was du denkst, sagt er, aber so sind wir nicht. Wir leben bescheiden. Die Flaschen hätten sie vom »Nordpol« (so nennen sie den Spirituosenladen in der Siedlung) und nirgendwo in Norwegen ist der Wein billiger. Spitzbergen, sagt Gunnar lächelnd, das ist zollfreies Gebiet.

✦

Was aber, wenn ich schon im Vorhinein gewusst hätte, wer hinter AURORA steckt? Hätte ich zugesagt? – Die Art und Weise, wie mich Per beim Essen anstarrt, ohne ein einziges Wort zu sagen, wie er verschlagen grinst, unter seiner grobmaschigen gelben Wollmütze … Ich kann nicht leugnen, dass es mir irgendwo Angst macht, dass ein paar Gedanken automatisch mitschwingen, allein unter vier Männern. Vier Fremden. Doch ich will, ich brauche diese Geschichte, ich weiß um die Chance, die nicht zweimal kommt, da haben Zweifel keinen Platz. Außerdem: Per ist Künstler, wer kann sagen, was er gesehen hat. Ich weiß wirklich nicht, ob es mich fasziniert oder bedrückt, wenn ich mir vorstelle, wie es sich anfühlen muss, *immer* Künstler zu sein; in jedem Augenblick nur den richtigen Ausschnitt, nur Proportionen und Farben zu sehen, immer nur ein Motiv, wenn auch ein perfektes. Ich kann nicht einmal sagen, ob mir Pers Blick schmeichelt oder mich anwidert. Was sieht er nur in mir?

✦

Endlich erfahre ich es; erfahre, was AURORA vorhat und wozu ich hier bin: In den kommenden sieben Tagen soll ein neues Kunstwerk entstehen, ein Werk, das weiter geht als alles, was AURORA bisher gemacht hat, eine Leinwand, die Grenzen sprengt (sie sagten nicht, welche), und ich allein darf den Prozess, seine gesamte Entstehung begleiten. Nein, begleiten ist das falsche Wort – sagten sie nicht verfolgen? Oder erfahren? Doch egal, ganz egal, entscheidend war der Satz, der danach fiel, ich denke, Lasse war es, der ihn sagte, nicht arrogant oder naiv, sondern völlig neutral, wie eine harmlose Arztdiagnose, ein Satz, der nur die Wiedergabe eines Befundes darstellt: Am Ende der Woche wirst du das absolute Kunstwerk erleben.

✦

F: Was zeichnet AURORAs Kunst aus? Darüber streiten die Kritiker seit Jahren. Technisch pendeln ihre Werke irgendwo zwischen Angeli und Helnwein, befassen sich aber stärker mit der Natur; fast all ihre Malereien sind großformatige, hyperrealistische Leinwandlandschaften, arktisch kalte Bilderrätsel, in die sich scheinbar ein Fehler verirrt hat – ein kleiner Störfaktor, eine Ungereimtheit, ein Mehrwert, der erst bei genauerer Betrachtung auffällt: Fehlt dem Polarfuchs am Bildrand nicht ein Auge? Ist der Autoreifen unter der Schneedecke nicht eine Spur zu groß – und warum liegt er dort? Doch AURORAs Kunstwerke sind niemals Zufall, kein Detail »passiert« ihnen; sie erschaffen, komponieren und vollenden ihre Projekte mit mathematischer Präzision, bei gemeinsamer Vorarbeit und Ausführung. So zumindest die Theorie. Ich weiß noch, wie sie letzten Herbst im Dorotheum für Aufsehen sorgten mit dem Bild eines Hundeschlittens; nur waren vor den Schlitten keine Hunde, sondern zwölf nackte Kinder gespannt, die im Schnee stapften. Die Reaktionen waren allzu vorhersehbar, nur die Kollegen von der Wiener Zeitung haben sich zusammengerissen und die Aufregung leise hinterfragt. Ich glaube ja, AURORA hat nie wirklich den Skandal, die gezielte Provokation gesucht; ich glaube, sie wollten im Grunde nichts weiter als die großen Dinge zeigen: Liebe, Tod und Einsamkeit. – Plötzlich geht die Tür auf. Gunnar tritt in mein Zimmer, legt mir ein Papier auf den Tisch. Bettlektüre, sagt er, und wünscht mir eine gute erste Nacht. Dann geht er wieder und die Tür fällt hinter ihm zu; ich sehe es nicht. Ich habe nur noch Augen für das, was auf dem Tisch liegt: ihr Manifest.

✦

Auszug aus dem POLARMANIFEST (Kopie):

> Wir, die Künstlergruppe AURORA, verstehen uns als Hüter einer Kunsttradition, in der das Individuum hinter dem Werk verschwindet. Wir wollen zurückfinden zu einer Kunst, die mit Leib und Seele statt mit Ironie und Image arbeitet. (…) Für unsere Kunst fordern wir von uns selbst die Bewusstwerdung und Einhaltung der acht Grundsätze:

```
1. Das Werk steht immer an erster Stelle.
2. Das Werk hat immer recht.
3. Kunst kommt von Kollektiv.
4. Jedes wahrhaftige Kunstwerk ist die zu
   Ende gedachte Ausführung einer Idee.
5. Es gibt keine individuellen Ideen.
6. Das Individuum hat sich für das Werk
   zu opfern.
7. Das Werk muss immer für sich stehen,
   der Künstler nie.
8. Der eigentliche Held ist die Werkstatt.
```

Am Ende des Manifests stehen vier Unterschriften: Lasse, Gunnar, Henrik, Per. Ich lese die acht Punkte wieder und wieder, nachdem ich sie notiert habe, und glaube langsam besser zu verstehen: AURORA, das ist nicht einfach eine clevere Marketingmasche – das Kollektiv glaubt *tatsächlich* an das Rückstecken der Selbstinszenierung zugunsten einer reinen Kunst. Nur bei einem Punkt bin ich etwas verwirrt, verstehe nicht, wie er gemeint ist; doch ich bin sicher, ich werde es in den nächsten Tagen erfahren.

## 6. November

Ich weiß nicht, wann ich aufwache oder was mich aufgeweckt hat; gefühlte Stunden konnte ich kein Auge zutun, lag wach im Bett, auf zu weicher Matratze, bis ich doch irgendwann eingenickt bin – aber für wie lange? Schon nach einem Tag scheint mir das Zeitgefühl abhandenzukommen, ich kann nicht sagen, ob es noch Morgen oder schon Mittag ist; der Himmel hängt bleiern über der Werkstatt, hüllt sich in diffuses, undurchdringliches Grau, das mein schmales Fenster überflüssig macht – es wird nicht hell, weiterhin. Doch ich muss gestehen, ich fühle mich gut, überraschend gut, entspannt sogar. Es dauert einen Moment, dann verstehe ich, warum: es ist das erste Mal, tatsächlich, das erste Mal seit sechs Jahren, dass ich ohne Wecker aus dem Bett komme. Ich hatte vergessen, wie sich das anfühlt: natürlich erwachen.

✦

Aber hier leben? Das habe ich nie verstanden, wie sich jemand freiwillig für den Norden entscheiden kann, wie die Leute hier bewusst einen Ort bewohnen, der monatelang keine Sonne sieht. Natürlich, es gibt immer Möglichkeiten, Strategien. Die Wände in meinem Zimmer sind grün gestrichen, jeder Raum in der Werkstatt hat seine eigene Farbe: die Küche ist sanddorn, das Bad azur, das Arbeitszimmer karmesin, die anderen Schlafzimmer – ich weiß nicht mehr, wie Lasse ihre Farbtöne bezeichnet hat. Es ist keine Zierde, erklärt er, es ist notwendig, um sich vor Depressionen zu schützen. Daher auch dieses frühlingshafte Grasgrün im Gästezimmer: es ist entspannend, ist positiv, gibt Hoffnung in den dunklen Monaten. Hier kann man Ruhe sammeln und die Melancholie ausschließen. Mir fällt ein, ich habe vergessen nachzufragen, welche Farbe das siebte, verschlossene Zimmer hat (M: darauf zurückkommen) – etwas vibriert in dem Moment, bebt. In alter, starrer Gewohnheit will ich zum Handy greifen, fasse ins Leere. Ein nächstes Beben; es kommt aus mir selbst. Mein Magen regt sich.

✦

Als ich in das karmesinrote Arbeitszimmer trete (ich trage den zu weiten Kittel mit stillem Widerstand, fühle mich klobig, unweiblich darin), sitzen die vier Daltons bereits an der Werkbank, es wirkt, als wären sie noch vom Vortag hier. Auf dem Tisch stehen zwei rote Kaffeekannen, ein voller Brotkorb (selbstgebackenes Haferbrot), gesalzene Butter, Honig in drei Konsistenzen und ein lederfarbener Ziegel, von dem ich später erfahre, dass es sich um eine Art Käse handelt, angeblich der Stolz der Nation (M: zu Hause »Brunost« recherchieren). Frühstück, sagt Gunnar mit heiligem Ernst, ist die Mutter der Kunst. Ein inspirierter Tag beginnt mit Frühstück oder gar nicht. Ich frage, was Frühstück auf Norwegisch heißt, Gunnar beißt ins Brot und sagt »Frokost«, doch ich verstehe zuerst nur »Frost«. Ein inspirierter Tag beginnt mit Frost. Ich blicke zum Fenster, an der grauen Außenseite hängt das Thermometer: es zeigt minus 13 Grad.

✦

Die ersten verwendbaren Zitate kommen von Per, ausgerechnet von Per, dem stummen Künstler mit dem breiten Grinsen, der am ersten Abend noch überhaupt nichts gesagt hat, ausgerechnet von ihm kommt der Vortrag über Bescheidenheit, als ich beim Frost nach der Werkstatt frage. Von den letzten Auktionssummen, die AURORA in London erzielt hat, könnten sie sich ein Atelier von der Größe eines Flugzeughangars bauen – warum also diese winzige und schlichte Werkstatt mit nur sieben Räumen, die mir jetzt schon bedrückend eng erscheinen? – Bescheidenheit, sagt Per, erhält seinen Wert erst bei Erfolg (er sagt es lächelnd, aber ernst). Bescheiden leben, wenn man arm und erfolglos ist, das kann jeder, ist keine Kunst – sich einen Palast leisten zu können und *trotzdem* darauf zu verzichten, das ist wahre Bescheidenheit. – F: Muss ein Künstler bescheiden sein, um zum wahren Ausdruck zu finden? A: Ein Künstler muss sich selbst beschränken, immer. Nur dann kann er zur Wahrheit vordringen. Er muss sich Regeln setzen, um sie zu brechen, muss Grenzen ziehen, um sie zu überschreiten. Je enger der Raum, je begrenzter die Mittel, desto intensiver und wahrhaftiger das Werk. – Der letzte Punkt scheint Per besonders am Herzen zu liegen, die Art und Weise, wie er jede Silbe ausspricht … Hier könnte der Anfang gefunden sein, hier will ich weiterfragen, nachhaken; doch ein lautes Klopfen beendet unser Gespräch abrupt.

✦

Ich konnte nicht sehen, wer an der Tür stand, hörte nur eine ungewöhnlich hohe Männerstimme, die in sehr schnellem, abgehacktem Norwegisch sprach; die Stimme klang erregt, hektisch, nervös, doch keine Ahnung, in welchem Kontext. Lasse kommt von der Tür zurück, ich frage, wer das war. Er sagt, der Bote. – Der Postbote? – Ja. – Lasse hält ein kleines Päckchen in den Händen. Zwischen seinen weichen Fingern erkenne ich die Konturen eines bekannten Symbols: ein aufgedrucktes Weinglas für zerbrechliche Inhalte. Ich nicke und denke nicht weiter darüber nach; in meinem Kopf hallen immer noch Pers Worte von vorhin. Ist es nicht eigenartig, ja paradox, dass sich gerade die Kunst – um deren Freiheit seit Jahrhunderten gekämpft, gestritten und gestorben wird –, dass ausgerechnet *sie* sich immer wieder selbst neue Regeln auferlegt, aus völlig freien Stücken? Munchs Manifest von Saint Cloud, Malewitsch und sein schwarzes Quadrat, Bretons Surrealisten, Dogma 95, AURORAs Polarmanifest – wo steckt der Sinn hinter all der Selbsteinschränkung? Wozu der vollständige Verzicht auf Handys, Internet, Computer, ja, sogar auf Uhren? Noch sehe ich das große Bild, die Idee dahinter nicht. Falls AURORA überhaupt schon ein Konzept für ihr kommendes Werk haben sollte, erscheint es mir noch so dunkel wie der November im Norden.

✦

Monet. Bei ihm ist alles Licht. Es fällt mir unendlich schwer, mich umzugewöhnen an die fehlende Helligkeit, zu akzeptieren, dass die Sonne hier nicht Gott ist – oder zumindest, dass Gott hier Winterschlaf hält. Wie nah, wie wärmend, wie hell scheint mir jetzt noch die Einladung, die Reise nach Giverny, als ich im August durch Monets Gärten spazierte, sie atmete – August, wirklich? Dieses verwischte Zeitgefühl, schon wieder, Monate fühlen sich wie Tage an, als hätte ich mich erst gestern in Monet verliebt, so frisch ist sein Strich, so lebendig seine Farben. Und überall ist sie bei Monet, überall ist Farbe, ist Licht; es existiert kein Grau, kein Dunkel, kein Tod in Monets Werk; selbst im Schatten steckt bei ihm noch Farbe. – AURORA dagegen ist die Antithese zu Monets Ode an das Licht: Ihre Bilder halten nur die Dunkelheit fest.

✦

Monet war in Norwegen. Ich begreife jetzt, warum er seinen Sohn dort nur im Sommer besucht hat, nur im Hellen: nur bei Licht kann man im Schatten stehen – und im Schatten herrscht die klarste Sicht.

✦

Wie aber umgehen mit dieser Düsternis? Ich erinnere mich, mit neun (oder acht) meine Flik Flak unter die Glühbirne gehalten zu haben, bis das Ziffernblatt grün leuchtete; damit die Zeit nicht verschwindet, wenn das Licht ausgeht. Selbst in den dunkelsten Stunden blieb immer noch dieses Leuchten, ein kleiner grüner Schimmer. Nie hätte ich gedacht, dass mir dieses billige Plastikteil einmal ernsthaft fehlen würde.

✦

Nein, es stimmt schon: ohne Regeln kann man sich nicht abgrenzen. Der Verzicht durch Vorgabe gibt auch Sicherheit, markiert den Weg nach vorne. Habe ich mir nicht selbst Regeln auferlegt, um von S. loszukommen? Habe ich mich nicht bewusst abgegrenzt? – Schiele hat seine Akte auf dem Backpapier doch auch nur weiß umrandet, um sie vom Negativraum abzuheben. Weil er wusste, dass die Abgrenzung den Effekt macht und es letztendlich doch nur darauf ankommt: den Effekt. Schiele war so alt wie ich, als ihn die Spanische Grippe traf – er brauchte nur 28 Jahre, um für die Ewigkeit zu malen. So ein kurzes Leben; so eine starke Abgrenzung von so viel Negativraum.

✦

Die Kommunikation ist frustrierend, weiterhin; mal beantworten die Künstler meine Fragen, mal weichen sie aus, mal schicken sie mich in mein Zimmer, wie ein lästiges

Kind. Vielleicht bin ich auch zu ungeduldig, die Erwartung einfach zu groß, nach der persönlichen Einladung, den respektvollen Mails, dem Manifest in Händen … Was, wenn sich die Woche hier als erschreckend banal herausstellt? Die starke Ansage vom absoluten Kunstwerk nur eine maskuline Pose? Oder liegt es doch an mir – gehe ich die ganze Geschichte vielleicht falsch an? Bin ich einfach nicht die Richtige hierfür? Zum ersten Mal seit meiner Ankunft fühle ich so etwas wie Enttäuschung, Ernüchterung, Müdigkeit. Ein dunkler Zweifel, ob es die lange Reise, die Kälte, die Isolation, ob es all das wirklich wert ist – da ruft mich eine Stimme. Es ist Per.

✦

Zurück in den grasgrünen Wänden friert es, schüttelt es mich. Warum? – Die dritte Bedingung wurde genannt: Niemand verlässt die Werkstatt ohne triftigen Grund. Per hat es mir in der Küche erklärt, während die anderen bereits mit der Arbeit begonnen haben (seltsam, ich konnte keinen Ton aus dem roten Zimmer hören); er rückte sich die Mütze zurecht und wiederholte den Satz von vorhin: Je enger der Raum, desto intensiver das Werk. Warum es mich durchschüttelte, obwohl ich in der aufgeheizten Werkstatt vier Schichten unter dem Kittel trage, lag an dem Wort, das darauf folgte: »bear«. Per spricht es entschieden beiläufig aus, genau diese Gelassenheit ist es, die mich beunruhigt (Th: Beiläufigkeit ist stärker als Betonung). In den nächsten sieben Tagen ist kein Ausgang geplant, um die

Arbeit am Werk nicht zu gefährden, sagt Per – und gleich darauf, ehe ich nachfragen kann: Es gibt keinen Anlass, aus der Werkstatt zu gehen, aber viele Gründe, sie nicht zu verlassen. Die 15 Grad minus, zum Beispiel. Die Dunkelheit, der Wind. Und natürlich die Eisbären. Ein Witz, denke ich, lache höflich, aber allein. Manchmal, fährt Per fort, kommen sie bis zur Werkstatt hinunter, da kann man nur ruhig bleiben und das Gewehr laden. Als er meinen Blick sieht, grinst er wieder, dieses genüssliche zweideutige Grinsen, und wieder fasst er sich an die Mütze, rückt sie zurecht. (Ein neurotischer Gaukler, denke ich, das ist Per.) Dann holt er aus: Hier auf Spitzbergen lebt der Mensch mit den Eisbären, nicht umgekehrt. Sie sind hier klein, aber zahlreich, unberechenbar, durchaus tödlich. Abseits der Siedlungen besteht Waffenpflicht, sagt er; wer klug ist, geht nicht ohne Gewehr vor die Tür. Fünf Jahre werkt AURORA hier, zwölf Bären wurden in der Zeit erlegt – aus Notwehr. Als ich zögerlich nach »Zwischenfällen« frage, lacht Per laut auf. Ja, ja, das kommt schon vor – eine junge Touristin hat sich mal zu weit rausgetraut, da blieb nicht viel von ihr übrig. Ich bin nicht sicher, doch ich hoffe, das war jetzt der Witz. – Das Gewehr hängt hinter uns im Glasschrank, neben dem Geschirr.

✦

Th: Je stärker die Emotion zu einem Bild, desto länger bleibt es. Einer meiner ersten Albträume: ein großer weißer Plüschbär, der sich auf mich setzt. Die gefühlte Panik im

Traum, keine Luft zu bekommen, die Angst zu ersticken, sie hat mich jahrelang verfolgt. Hier und heute wird sie plötzlich wieder akut, macht mich verrückt, wenn ich an Pers Worte denke: Da kann man nur ruhig bleiben und das Gewehr laden. Und wenn er mir bloß Angst einjagen wollte? Mein Wissen auf die Probe stellen? Zu Hause in Wien hätte ich sofort sämtliche Fakten über die Arktis eingeholt, die Panik relativiert, Pers Übertreibungen entlarvt – aber so läuft das hier nicht. Unter den *Bedingungen* bleibt jedes Gefühl unbestätigt und unwiderlegt. Das ist neu.

✦

Beim zweiten Kaffee (noch am Vormittag, vielleicht schon zur Mittagsstunde, genaue Uhrzeiten bleiben unbestimmbar) sitzen wir alle gemeinsam im Arbeitszimmer. Henrik reicht mir ein silbernes Tablett mit Haferkeksen, ihre dichte Zuckerdecke lässt sie aussehen, als wären sie aus dem Schnee gestochen – wie das wohl auf Dauer hier sein muss, im ewigen Eis, ohne jedes Umfeld? Henrik sieht mich an, sieht meinen Blick und nimmt mir die Frage ab, als könnte er Gedanken lesen: Wir alle haben unseren Weg gefunden, mit der Isolation umzugehen: Gunnar macht Liegestütze, Lasse hat seine Bücher, Per ist der Witzbold. Und ich, sagt Henrik, ich backe Kekse.

✦

Noch fehlt der rote Faden; im Arbeitszimmer liegt kein Konzept, in ihren Gesichtern keine Antwort. Etwas muss sich ändern, denn auf Dauer kann es so nicht weitergehen. Um den Prozess des Kunstwerks *wirklich* dokumentieren zu können, muss ich mehr Initiative zeigen, den Künstlern mehr Material entlocken, ich muss ihre Nähe, ihr Vertrauen gewinnen, vielleicht selbst ein Teil von ihnen werden: der fünfte Dalton.

✦

Th: Kleider machen keine Leute, Kleider machen Erwartungen. Der Kittel ist die Uniform des Künstlers. Was erwartet AURORA eigentlich von mir?

✦

Was ich mir von der Zeit hier erwarte, fragt Gunnar bei der nächsten Sitzung, es ist, als könne hier jeder meine Gedanken lesen. Bin ich so durchschaubar? Ich dachte immer, ich wäre wie ein Monet – eine Skizze, nicht ausgemalt, nur die Impression eines Moments. Stehengelassen in der Undeutlichkeit. Jetzt, hier, beginne ich an dem Bild zu zweifeln. Wie mich die Männer hier ansehen, es ist, als wüssten sie alles über mich. Aber was können sie schon wissen, außer den paar Artikeln, wie können sie sich anmaßen, mich zu kennen, wenn ich mich selbst nicht einmal klar sehe? (M: Melancholie gehört auf die Leinwand, nicht ins Journal.) – Meine Antwort auf Gunnars Frage:

Ich möchte erfahren, was der Begriff »absolute Kunst« für sie bedeutet. Bisher habe ich noch nichts davon gesehen, habe noch nicht einmal eine Ahnung, ein Bild von ihrer Herangehensweise. F: Was ist die Idee hinter dem neuen Werk? Gunnar blickt zur Seite, entspannt seinen Nacken. Per grinst. Henrik ordnet die Kekse zu einem Kreis. Ach, wie oft verwechselt man doch Einfälle mit Ideen, sagt Lasse. Ob ich das Zitat vielleicht kenne; es stammt aus den Tagebüchern von Friedrich Hebbel.

✦

Stille. Dann Gunnar: Treffen im fliederfarbenen Zimmer. Wann immer es mir passt.

✦

Das fliederfarbene Zimmer. Es ist eines der beiden Schlafzimmer der Künstler, jetzt erinnere ich mich wieder: fliederfarben das eine, zitronengelb das andere. Ich nehme eine ausladend heiße Dusche (nicht, weil ich es nötig finde; ich bin nervös). Gunnar will mich alleine sprechen. Er scheint mir bisher die treibende Kraft im Kollektiv: ein nordischer Holzfäller mit ästhetischem Gespür. Ein Muskelberg, wie aus einem Rubensgemälde, fleischig, rotbacken und stur heroisch, doch irgendwo verletzlich in seiner Gestalt, seinen kleinen Gesten. Der sensible Riese; so werde ich ihn vielleicht nennen, in meiner Geschichte.

✦

Was war *das* jetzt? Eine schwache Ausflucht, wieder eine Pose, vielleicht eine Drohung? Noch kann ich das Gespräch mit Gunnar nicht einordnen, fühle mich nur noch verwirrter und zielloser als zuvor. Das fliederfarbene Zimmer (es ist fensterlos, fällt mir im Nachhinein auf) riecht nach Schwefel oder Ähnlichem, als ich eintrete; zwei gegenüberliegende, schlichte Holzbetten mit weißem Bezug, dazwischen ein weiß gescheckter Schafwollteppich – das ist alles, ist die gesamte Einrichtung in dem violetten Raum. Kein Schrank, keine Bilder, keine Regale, kein Dekor, nicht einmal Nachtkästchen. Nichts erinnert hier an irgendetwas. In diesem kühlen Minimalismus empfängt mich Gunnar, zeigt auf das linke Bett und bittet mich, Platz zu nehmen. Sein Kittel spannt um die Brust, als er sich mir gegenüber setzt. Es wird drei Lektionen geben, sagt er. Erst nach der letzten werde ich ihr Werk verstehen, werde alles begreifen.

✦

Lektionen, so ein seltsam antiquiertes, autoritäres Wort; und *wie* er es gesagt hat. Abstrakte, wirre Antworten bin ich von Kunstschaffenden gewohnt, aber *Lektionen*, das klingt nach Schule und Disziplin, nach arroganten Belehrungen, von denen ich hoffte, sie hinter mir zu haben. Seit den Semestern in England ist mir nicht mehr [Stelle unkenntlich] Ein Tag in der nordischen Dunkelheit, und schon fühle ich mich zurückgeworfen in alte Muster.

Aus Verwirrung formt sich Widerstand, aus Widerstand Unruhe, erdrückende Unruhe.

✦

Sie steht. Als ich später am Tag, nach einer längeren Pause, um alles Bisherige zu sortieren (für einen Moment oder eine Stunde war ich eingenickt), als ich da wieder in das karmesinrote Zimmer trete, ist die Leinwand bereits aufgebaut. Das also muss es gewesen sein, woran die anderen gewerkt haben, während ich mit Per in der Küche und Gunnar im Fliederzimmer gesprochen habe. Ihre Maße sind beachtlich, selbst für AURORAs Verhältnisse. 2x3 Meter, mindestens. Lose verankert im rotgefärbten Mauerkalk schwebt sie kniehoch über den Dielen. Sie ist gespannt und vollkommen leer – in etwa so, wie ich mich hier fühle.

✦

Ein Künstler muss aus jedem Gefühl schöpfen. Ich weiß nicht mehr, wer das gesagt hat, vermutlich Lasse, aber ich glaube, es war wieder nur ein Zitat; und wieder scheint sie auf, die Sehnsucht nach der schnellen Antwort, die automatische Bewegung, hin zum Handy, dieser nervöse Phantomschmerz der letzten Stunden, eine krankhafte Abhängigkeit, die erst bei Verzicht zum Vorschein kommt. Erst seit es im Samtbeutel liegt, wird mir bewusst, wie blind ich das Handy davor verwendet habe. Ist das schon eine Lektion?

✦

Wir essen zu Abend. – Es fühlt sich absurd an, diesen Satz zu schreiben, in einer Gegend und einer Zeit, in der es permanent Abend zu sein scheint. Henrik serviert einen Auflauf mit Süßkartoffeln, ohne Milch, dazu eine Flasche zollfreien Wein (ich lehne erneut ab). Am Tisch sind rote Kerzen aufgestellt, ihr warmes Flackern ergänzt die grellen Neonröhren, die von der Decke hängen. Das zerrinnende Wachs verhärtet auf der Holzfläche zu hellroten, zungenförmigen Klumpen. Im Rücken spüre ich die Gegenwart der Leinwand. Sie ist weiterhin leer, unbemalt. Ich erfahre, dass erst morgen der erste Strich folgen wird. Heute gehen die Künstler früh ins Bett.

✦

Rubens. Denke ich an Gunnars rätselhafte Worte im Flieder, muss ich auch an ihn denken. Er war der Tarantino des Barock (zumindest hat ihn der ORF so genannt, bei der letzten Schau im Kunsthistorischen), er war der allererste Superstar der Kunst, marktführend, noch bevor es einen Markt gab. Was jedoch immer untergeht, was nie genug Beachtung findet, wenn über ihn geschrieben wird: Rubens hatte eine Werkstatt, in der dutzende Kunstgesellen seine epischen Mammutprojekte realisierten. Gesellen, ohne die Rubens seine Frequenz an Meisterwerken nie erreicht hätte, ohne die er nie zu seiner heutigen Berühmtheit gelangt wäre. Gesellen, von denen niemand mehr die

Namen kennt, denen nie etwas gewidmet wurde. Immer wieder sehne ich mich nach ihnen – nach den Schicksalen und Geschichten derer, von denen wir nichts wissen, weil niemand über sie schreibt. Sie sind die Unsichtbaren, die Gespenster ihrer Zeit, die es im Stillen ermöglichten, dass ein Rubens überdauert. An sie denke ich, stelle mir ihre Gesichter, Körper und Empfindungen vor, während ich den Kittel ausziehe und mich schlafen lege.

✦

Ein Schrei weckt mich. Doch es ist kein Schrei; als sich das Geräusch wiederholt, wird es zum Brüllen. Erst fern, dann lauter, näher. Zu nah. Sofort schießt der Gedanke in den Kopf – ich springe aus dem Bett, stoße die Zimmertür auf und renne auf den Gang, über die knarrenden Dielen, ich klopfe gegen die Schlafzimmertüren, alle beide. Per macht auf. Ich bin froh, dass er es ist, in dem Moment, mag er auch ein Witzbold sein, ich bin überzeugt, er hantiert humorlos mit dem Gewehr. Er ist da, sage ich. – Wer? – Der Eisbär. – Stille. Per hebt die Mütze an und lauscht. Ein langsames, schweres Schneestapfen dringt durch die Wände. Und dann wieder das Knurren, Brüllen, diesmal von der Küchenseite. Per lauscht. Kann er hier rein, frage ich. Was sollen wir machen, was tut man, wenn er so nahe ist? Immer noch lauscht Per. Dann rückt er die Mütze zurecht, geht mit leisen Schritten in die Küche, holt das Gewehr aus dem Glasschrank und lädt es durch. Ein Kleinkaliber, denke ich sofort, ohne zu wissen, was es bedeutet und ob es stimmt. Plötzlich erscheint mir die Waffe wie eine Attrappe, ein Spielzeug am Praterstand, viel zu klein, viel zu billig, um damit einem ausgewachsenen Eisbären entgegenzutreten. Ich weiß nicht mehr genau, was ich alles gesagt habe, aber mit jedem Brüllen muss ich lauter und panischer geworden sein, habe Per ein dutzend Fragen an die Stirn geworfen: Was ist mit den anderen? Sollen wir sie wecken? Gibt es in der Werkstatt noch weitere Waffen? Gibt es einen Hinterausgang? Klingt der Eisbär hungrig? Wütend? Warum, worauf ist er wütend? Sollen wir die Werkstatt verlassen, aber wohin? Per sieht mich an: Niemand verlässt die Werkstatt ohne triftigen Grund. Dritte Bedingung. Seine kalte Ruhe lässt mein Blut gefrieren. Wenn das Tierchen reinkommt, soll es nur kommen. Da kann man nichts machen, nur schießen und hoffen, sagt er. Jetzt geh zurück in dein Zimmer.

✦

Die Zeit löst sich auf, endgültig. Ich sitze auf meinem Bett, den Rücken gegen das Grün, die Beine angewinkelt, verkrampft, und ich lausche, höre das Raubtiergeräusch, das Knurren und Schnauben, als käme es aus dem Nebenzimmer (ich will mich beruhigen, ablenken, mir vorstellen, es sei nur ein Tier, kein eiskalter Killer – es geht nicht); ich friere unter den Daunen, die Decke ist völlig nutzlos. Ich lausche. Unendlich lange hält die Spannung, halten die furchtbaren Laute an, und bald wünschte ich, das Tier wäre wirklich schon in meinem Zimmer und würde sich auf mich stürzen, nur damit die Angst endlich vorbei wäre. Wie viel Schuss braucht es, um einen Eisbären zu erlegen? Und wenn es mehrere sind? Wenn welche nachkommen? Warum nur habe ich Wien erneut verlassen, warum bin ich hier? – Wieder werden die Geräusche lauter, näher, immer bedrohlicher. Und das Einzige, das ich tun kann, ist zu schreiben; das Einzige, woran ich mich festhalten kann, ist der Kugelschreiber, bis zum finsteren Ende.

✦

Er ist nicht gekommen. Irgendwann hat Per an meine Tür geklopft: Er ist weg. – Und das war es dann. Der Vorfall endet ohne Moral, ohne Pointe, wie das meiste im Leben. Und plötzlich fühlt sich meine Panik seltsam deplatziert an. Ich kann nicht mehr sagen, was das eben war, in den letzten Stunden, weshalb ich wegen eines verirrten Eisbären im Schnee komplett den Verstand verliere, wie in schlaflosen Kindernächten, akute Schweißattacken und wieder das Gefühl zu ersticken, keine Luft zu bekommen … Und dann begreife ich. Diese Angst, diese unendliche Angst, es könnte meine letzte Nacht in dieser Werkstatt, in diesem Leben sein, dieses gewaltige Knurren, das bedrohliche Schneestapfen, das Eintreffen des Albtraums – all das hat mir keinen Schauer eingejagt. Es hat mich erregt. Ich schwitze nicht in das Bett; ich bin feucht. In Wahrheit hatte ich keine Angst vor dem Bären, hatte vielleicht überhaupt nie Angst vor dem Bären, nur vor mir selbst; eine verschämte Angst vor der eigenen, abartigen Fantasie. Und während ich diese Sätze schreibe, weil es das Gefühl nur noch verstärkt, gleitet die rechte Hand langsam an mir hinab, verschwindet langsam unter der Decke. Ich schließe die Augen, versuche, möglichst leise zu sein. Ich versuche, bei dem Gedanken an das Raubtier nicht zu stöhnen. Ich stöhne.

## 7. November

Heute gibt es Haferbrei zum Frost. Ich nehme den ersten Bissen mit Skepsis, doch Henrik kann sogar aus Hafer Kunst machen. An den Kaffee gewöhne ich mich langsam; jedes vorsichtige Nippen an der schwarzen Brühe wärmt den Körper, schärft meine Sinne, nachdem ich kaum geschlafen habe. Als am Tisch niemand ein Wort spricht, mache ich widerwillig, verlegen den Anfang und frage nach gestern Nacht. Ohne mich anzusehen, deutet Lasse auf die Leinwand hinter sich. Ich verstehe nicht. Die Leinen, sagt er, sie sind noch ungrundiert. Bevor wir mit der Komposition beginnen, muss der Stoff bearbeitet werden. Dafür nehmen wir eine wassergebundene, stark verdünnte Grundierung mit wenig Bindemittel; auf die Art trocknet sie schneller. – Aber was ist mit dem verdammten Eisbären, sage ich, verliere fast die Haltung, suche Pers Blick. Davon reden wir doch gerade, sagt Lasse. Iss deinen Brei auf, dann fangen wir an.

✦

Wir sitzen im Karmesinrot, ich lege den leeren Breiteller zurück auf die Werkbank und raffe die Ärmel meines Kittels zum Ellbogen hoch; mir ist plötzlich heiß, ich spüre die Augenpaare auf mir, spüre eine Erwartung, die ich nicht deuten kann. Hat Per den anderen von meiner nächtlichen

Panik erzählt? Macht sich Lasse vielleicht lustig über die junge, ahnungslose, hysterische Wienerin? Oder ist das nur ein Test? Die Wände hier sind nicht stark, irgendjemand hat mich in der Nacht womöglich gehört. Wer von ihnen schläft im gelben Nebenzimmer? Lasse, Per und Henrik starren mich an, als würden sie auf meine Antwort warten. Aber worauf? Und wo ist Gunnar? – In dem Moment knarren schwere Schritte über die Dielen, und neben mir steht ein Riese, der das künstliche Licht verdunkelt (ich hatte nicht bemerkt, dass Gunnar aufgestanden war); er hält ein kleines, quadratisches Paket zwischen den tellergroßen Handflächen, stellt es behutsam auf der Werkbank ab. Ich werfe einen kurzen Blick darauf und erkenne sofort das aufgedruckte Zeichen mit dem Weinglas – es ist das Paket, das der Bote gestern gebracht hat. Gunnar fasst in die Brusttasche seines Kittels. Er zieht ein Teppichmesser heraus, zerschneidet das transparente Klebeband und öffnet die Paketdeckel. Er macht es unheimlich langsam, sorgsam, als leite er ein altes Ritual ein. Ich sehe regungslos dabei zu, sitze wie festgefroren auf dem Holzstuhl. Ich schwitze. Gunnars Hände fassen in das Paketinnere. Er holt einen massiven roten Funkkopfhörer heraus, dreht sich in meine Richtung und setzt ihn mir wortlos auf. Irritiert starre ich durch den Raum, ich frage, bemüht locker, was das jetzt soll, ob das schon Teil des Kunstprozesses sei. Lasse nickt. Der Künstler muss aus jedem Gefühl schöpfen. – Dann blicken sie mich wieder erwartungsvoll an, und ich beginne zu lauschen, doch ich höre keinen Laut, nichts. Ich fasse an den Kopfhörer, denke, er ist kaputt, will ihn wieder abnehmen, als plötzlich ein Schrei ertönt. Ein Brüllen. Ich brauche ein paar Sekunden, will es nicht sofort glauben, doch als die nächsten Töne folgen, da begreife ich: die Geräusche aus dem Kopfhörer klingen wie – nein, *es sind* die Geräusche des Eisbären; ich höre das Brüllen der vergangenen Nacht. Ich höre es wieder und wieder, lauter und näher, bis es sich bald entfernt und endlich verstummt. Und was ich dann höre, kann ich nicht glauben.

✦

Es kann nicht sein, ist unmöglich: Ich höre mich und höre gleichzeitig jemand anderen. Vier Augenpaare kleben auf mir, während ich aus dem roten Kopfhörer heraus mein eigenes Stöhnen höre; doch es klingt nicht nach mir, es klingt fremd und vollkommen anders, als ich die Nacht in Erinnerung habe. War ich wirklich so laut, so hemmungslos in der Lust am Schrecken, der Vorstellung, von einem Eisbären gepackt zu werden? Nein, so höre ich mich nicht an, so würde ich niemals, schon gar nicht irgendwo eingeladen – meine Stimme endet abrupt. Ganz sachte nehme ich den Kopfhörer ab, lege ihn auf den Tisch, fühle mich plötzlich ertappt, angewidert, dumm … und ungeheuer fasziniert. Ich habe eine Version von mir gehört, die mir Angst macht – und sie gefällt mir. Sie stößt mich ab und zieht mich an, sie ist frei, sie ist ungehemmt. Sie ist schweißnass, am ganzen Körper. Plötzlich reißt mich eine Bewegung aus den Gedanken. Ich blicke mich um, schwitze, als hätte es 40 Grad im Raum. Die Tellerhände reichen mir einen leeren Plastikbehälter. Wenn es nicht zu viel verlangt ist, sagt Lasse mit dieser warmen Stimme, dann würden sie mich jetzt bitten, meine nasse Wäsche darin auszudrücken. Wieder deutet er auf die Leinwand hinter sich, und ich verstehe: AURORA will meinen Schweiß für die Grundierung.

✦

Lange Zeit war die Arktis nur eine abstrakte, weiße Leinwand, eine Fläche ohne Motiv. Erst Ende des 19. Jahrhunderts kamen die ersten Arbeiter nach Spitzbergen, um hier Kohle abzubauen; trockene, schwarze Kohle, mit der das Land seinem Norden eine erste Skizze vorzeichnete; und die arktische Leinwand erhielt langsam eine Identität. Später kamen Familien hier herauf, Frauen und Männer, die für mehr leben wollten als nur für die Arbeit. Sie siedelten sich an, gaben der Leinwand ihre Farbe. Heute werden auf dem Archipel Kinder geboren. Werke. – Lasse erzählt mir das, nicht lange, nachdem ich ihm den angefüllten Behälter gereicht habe. Während der Rest im Arbeitszimmer eine wassergebundene Grundierung mit Kreide, Quarz und meinen Schweißtropfen mischt, sitze ich mit Lasse im Zitronengelb; das erste Mal, dass ich in diesem Zimmer bin; das erste Mal allein mit Lasse. Ich kann nicht leugnen, dass ich seine Stimme bewundere, dass seine Worte wichtig und bedeutsam klingen, egal, was er sagt. Seine weichen Gesten, das angedeutete spitze Kinn unter der glänzenden Bartschicht, alles an ihm ist vornehm und gesetzt: der natürliche Gentleman im Kollektiv. – Das gelbe Schafzimmer scheint mir bereits vertraut, als ich es betrete – kein Wunder, seine Einrichtung deckt sich mit dem Fliederraum: zwei gegenüberliegende Buchenholzbetten, ein schafwollener Teppich, sonst nichts. Allein die Farbe macht hier den Unterschied: im Gegensatz zum verträumten, zarten Lila wirken die aggressiven, grellgelben Wände wie ein monumentales Fontana-Bild; jeden Moment warte ich darauf, dass ein Schnitt durch die Mauer fährt und sie öffnet, um ihre falsche, künstliche Materialität auszustellen. (Lucio Fontana, das geniale Schlitzohr, denke ich, während ich versuche, Lasses Blicken auszuweichen, keiner wird am Kunstmarkt so sehr gehasst, der mit dem Markt so viel verdient. Dabei kann es wirklich nicht Fontanas Schuld sein, dass niemand vor ihm die Idee hatte, die Leinwand aufzuschlitzen, sie zu vergewaltigen und zu verkaufen – oder war das vielleicht nur ein Einfall?)

✦

Die frische Unterwäsche kratzt, zwingt mich, den Stift für einen Moment wegzulegen. Wo war ich? – Das Treffen mit Lasse: Irgendwann, nach einer undefinierbaren Pause, wende ich den Blick von den gelben Wänden und frage ihn ganz direkt, weshalb sie es getan, warum sie mich in der Nacht aufgezeichnet haben – und vor allem, wie (in der Frage steckt mehr Neugier als Wut). Der Künstler darf die Augen niemals verschließen, antwortet Lasse. Und dann: Was weißt du über die Wikinger? – Verwirrt von seinem Ausweichen, schüttle ich den Kopf. Bei den Wikingern, setzt Lasse fort, galt das Vertrauen ins Kollektiv als oberstes Prinzip. Mut und Stärke waren für sie keine Auszeichnungen, es waren Grundwerte. Wer sie nicht einhielt, galt als Gefahr für den gesamten Zusammenhalt. Es gab einen Wikingerstamm, sagt Lasse, der verteidigte seine Grundwerte auf besonders radikale Art und Weise: Wollte ein Stammesmitglied vor einer Gefahr wegsehen oder in nächster Not den Blick abwenden, so wurden ihm die Augenlider abgetrennt; damit diese Person nie wieder die Augen vor etwas verschließt. – Ich blinzle. Ob die Geschichte wirklich wahr ist, frage ich. Nein, antwortet Lasse, aber sie stimmt. Die erste Lektion ist damit abgeschlossen.

✦

Falls ich jemals Erwartungen hatte, wurden sie heute übermalt oder abgetragen. Es fällt schwer, noch Journalistin zu sein, nach dieser Nacht, nach den Ereignissen am Morgen, der Konfrontation, dem roten Kopfhörer. – F: Wo fängt das Werk an und wo hört die Kunst auf? Ich sollte nur hier sein, um Einsichten zu erlangen, um mir Notizen und Gedanken zu machen, nichts weiter. Nicht einmal ein Diktiergerät haben sie erlaubt, nur die Handschrift. Es war ihre Idee, das Journal, schon in der Einladung haben sie es vorgegeben, doch nichts, niemand hat mich hierauf vorbereitet. Ich fange langsam an zu glauben, ich schreibe mit dem Stift grundlegend anders, als ich es mit Tasten und Touchscreen jemals tun könnte; das Papier kennt kein Zurück wie das Display, hier kann nichts weggewischt, nichts rückgängig gemacht werden. Ich kann etwas ausstreichen, aber ich kann es nicht löschen.

✦

Um eine relevante, eine richtig gute, ja, um die *richtige* Geschichte zu schreiben, muss ich mich vielleicht weiter so fallen lassen wie letzte Nacht. Nein, ich möchte es sogar.

✦

Es gibt nur einen einzigen Grund, über Kunst zu schreiben: weil du sie schätzt, endlos schätzt. Weil dir die Surrealisten mehr beigebracht haben als deine Mutter. Weil dir ein einziger Munch bedeutsamer erscheint als ein gesamtes durchschnittliches Leben. Und, wenn du ganz ehrlich bist: weil du es selbst nicht kannst, es nie können wirst.

✦

(Nur einmal selbst etwas schaffen.)

✦

Gestern noch habe ich den Kittel gehasst; heute trage ich ihn mit Stolz. Er fühlt sich an wie etwas, das größer ist als sie und ich, als Mann und Frau, als Rolle und Zuschreibung. In dem Kittel, da bin ich ein Teil von ihnen, bin

Beobachterin und Beobachtete zugleich, bin ich selbst und jemand anders, aber niemand, der mir aufgedrängt wurde, der ich nicht sein möchte – viel eher jemand, den ich schon immer einmal kennenlernen wollte.

✦

Kaffee. Immer gibt es frischen Kaffee, wenn ich in das Karmesinrot trete. Der Norweger sagt »Kaffe«, es fehlt nur ein Buchstabe zum Deutschen, und doch liegt eine Welt dazwischen, klingt es ganz eigen, erzeugt eine völlig andere Stimmung (ernster, sehr viel ernster: die Frage nach einem »Kaffe« klingt hier niemals unverbindlich). Die Stimmung um mich herum hat sich ebenfalls verändert. Es scheint mir plötzlich, als wäre letzte Nacht und heute Morgen niemals passiert. Die Künstler ignorieren mich, während sie werken, die Grundierung ist schon fast fertig. Und langsam verstehe ich, was es ist, was AURORA in ihrer Arbeit auszeichnet. Ich verstehe, warum sie sich hierher zurückgezogen haben: hier, in der netzfreien Zone, ummantelt von bleierner Dunkelheit, hier leben sie ungestört – den Moment. Nur den Moment.

✦

Nachdem meine Schweißtropfen auf die Leinwand gesetzt und in ihr versickert sind, folgen endlich die ersten Striche. Lasse setzt sie, mit feinem Kohlestift, während mich Per anstarrt, schon wieder diese Augen, wie am ersten Abend, und ich möchte schon fragen, doch der Witzbold kommt mir zuvor: Lasse macht die Vorarbeit, weil er sonst nichts kann. Dritter Punkt im Manifest: Kunst kommt von Kollektiv. Es gibt keine echten Solokünstler, sagt Per, nur Pseudostars. Um ein wahres Meisterwerk zu schaffen, braucht es gebündelte Stärken. Ein Talent allein reicht nicht, reicht dafür niemals aus. – Ich nicke langsam und zustimmend. Wie beim Prometheus. Per hebt die Brauen. Das Gemälde von Rubens, sage ich. Es zeigt, wie der bestrafte Held kopfüber am Fels liegt, während ihm ein Adler die Leber auspickt. Das Bild ist brutal, fleischig, voller Dramatik, es ist unfassbar dynamisch, weil es eben ein Rubens ist; doch Rubens war kein großer Tiermaler – der Adler im Bild ist selbst für sein Talent zu gut. Er ist so gut, weil er nicht von ihm selbst stammt, sondern von einem Kollegen: Frans Snyders hat den Adler ins Bild gesetzt. Er war der Meister der Tiermaler, konnte Vogelfedern darstellen wie kein anderer. Rubens' Stärke war die Komposition, die pure Gewalt des Motivs, eine Naturgewalt, die den Betrachter fast erschlägt, auch beim Prometheus; doch zum Meisterwerk hat das Bild erst Snyders gemacht. Per nippt an seinem Kaffee. Genau, sagt er stoisch und blickt dabei in die Tasse, ich kann mir ein Grinsen nicht verkneifen. Das ist sie, denke ich, das ist höchste Anerkennung auf Norwegisch.

✦

F: Wie sehen Sie die Aufgabenteilung bei AURORA?
A: Lasse macht Komposition, Gunnar Struktur, ich mache

die Farbe und Henrik die Details. Sagt Per, während er den nächsten Kaffee leert. Henrik, denke ich plötzlich, ja, wo ist eigentlich Henrik? In dem Moment höre ich ein Klirren. Ein schrilles, gewaltsames Geräusch, als hätte jemand eine Scheibe zerschlagen. Es kommt aus der Küche.

✦

Es ist der 7. November, der dritte Tag hier, vermutlich Nachmittag, und ich werde Zeugin des ersten Dramas (ich will es nicht ausschlachten, aber auch nicht verschweigen). Henrik so zu erleben war neu und überraschend. Das wenige Gesicht zwischen Scheitel und Bart leuchtet puterrot, intensiv wie die Wandfarbe, seine Augen weiten sich, als wollte er durch sie Größe beweisen: ein stolzer Zwerg. Er kommt aus der Küche in das Arbeitszimmer, in der rechten Hand hält er ein dunkles, kunstvoll geschrägtes Glas; erst beim zweiten Hinsehen erkenne ich den abgebrochenen Hals einer zerschlagenen Weinflasche. Welches Arschloch die ausgetrunken hat, fragt er. Keiner antwortet. Dann gibt es eben kein verficktes Scheißessen heute, schreit Henrik und wirft den Flaschenhals über die Werkbank – er verfehlt die Leinwand nur knapp, doch es genügt. Gunnar streift die Ärmel hoch, packt den Kleinen am Kittel und verpasst ihm eine Ohrfeige mit der Rechten (Ohrfeige ist das falsche Wort, er trifft das ganze Gesicht). Dann stößt er Henrik zurück auf einen der Stühle, die Lehne kippt nach hinten und rempelt Per an, der, über die Werkbank gebeugt, bis eben noch in seine Arbeit vertieft war. Was folgt, ist pures Chaos: Per, Henrik und Gunnar schreien aufeinander ein, stoßen und rempeln den nächsten, beschimpfen einander auf Norwegisch, werden mit jedem Laut jünger und pubertärer, entwickeln sich zurück in die Schulhofphase. Nur Lasse bleibt erwachsen, bleibt seelenruhig und unbeteiligt an der Leinwand. Nicht einmal der Scherbenwurf hat seinen Strich aus der Ruhe gebracht. Bemerkenswert. – Was es mit dem Streit auf sich hat, erfahre ich erst, nachdem Henrik wieder in der Küche verschwindet, die Tür hinter sich zuwirft: Er brauchte Wein für die Zubereitung des Abendessens, doch irgendjemand hatte die Flasche heimlich geleert; es war die letzte. Ich frage nach diesem Supermarkt, dem Nordpol, doch Gunnar schüttelt den Kopf, als würde ich nichts begreifen. Es ist aus. – Was? – Das Kontingent. Hier, auf Spitzbergen, erklärt Gunnar, herrscht ein striktes Alkoholkontingent. Jeder Bewohner erhält eine Karte, darauf wird jeder Einkauf festgehalten. Pro Person ist im Monat nur eine halbe Flasche Starkwein erlaubt. Ist die Flasche leer, muss man warten. Da gibt es auch keine Ausnahmen, sagt er bitter, nicht einmal für das bestverdienende Künstlerkollektiv der Gegenwart.

✦

Die Gegenwart. Es fiel mir immer schon schwer, mich auf sie einzulassen. *Morgen* lag mir immer näher als *heute*, *morgen* war ein Ziel, eine Verheißung, *heute* dagegen nur eine Bedrängung, eine Überforderung, etwas, das ich schnell wegwische, zur Seite schieben möchte, wie am Display. Ich kann im Früher verweilen oder im Später denken, doch erst hier habe ich verstanden, was es bedeutet, sich auf die Gegenwart und nur auf sie zu konzentrieren. Ich habe es verstanden, als ich Lasses Strich verfolgte, die Führung der Kohle, der sanfte, nahezu unsichtbare Abdruck auf der grundierten Leinwand, unbeeindruckt von zerbrochenem Glas und zerstörenden Worten. Diese Ruhe, dieser Fokus. Diese Gegenwart. Während des gesamten Streits hatte ich nur Augen für ihn; Lasses Strich ist so unendlich weich, so zart, ich konnte über die Werkbank hinweg noch nicht erkennen, wohin die Idee führt. Und vielleicht bin ich paranoid, verrückt von all dem Entzug, der Isolation, dem engen Raum, doch ich könnte schwören, bin mir sicher: als Lasse den Kohlestift an die Leinwand geführt hat, spürte ich ihn am eigenen Körper, auf der Haut, in den Fingern; überall.

✦

Ich muss eingeschlafen sein. Als ich wieder aufwache, ist es schon – dunkel. Pers Humor färbt langsam auf mich ab. Ich drehe mich im Bett, da fühle ich plötzlich etwas auf der Wange. Ein Haar. Ich drehe mich erneut, blinzle – da sehe ich sie auf dem Laken. Ich fasse mir reflexartig an den Hinterkopf, fühle nach. Etwas stimmt hier nicht. Ich springe hoch, drehe mich zum Fenster; es ist beschlagen und vereist, nichts Klares zu erkennen. Ich renne hinaus, von Grün nach Rot, reiße die Tür auf und will meinen Verdacht sofort hinausschreien, doch die Worte bleiben mir im Hals stecken. Regungslos starre ich in das Arbeitszimmer und kann nicht glauben, was ich sehe: An der Werkbank sitzt Per, ganz allein, und bindet mit seinen langen und schmalen Fingern ein Bündel schwarzer Haare zu einem Pinsel. Wo sind die anderen, frage ich. Keine Reaktion. Ich blicke durch den Raum. Ein Spiegel, gibt es hier irgendwo einen Spiegel? – Keine Sorge, sagt Per, ohne aufzublicken, du siehst bezaubernd aus. Ich beginne zu fluchen, einen Spiegel, wiederhole ich. – Der Spiegel, sagt Lasse, der plötzlich hinter mir steht, zeigt aber doch nie, wie wir *wirklich* aussehen. Ob ich wisse, von wem das stammt? – Ich erschrecke, kippe fast um, als ich mich zu ihm drehe; in der Brusttasche seines Kittels steckt eine Schere. Ohne ein Wort renne ich blind an ihm vorbei, renne in das Bad, blicke nach allen Seiten, in alle Schubladen, doch auch hier, nichts; in der gesamten Werkstatt gibt es keinen Spiegel. Plötzlich fällt mir das Gewehr ein. Ich laufe in die Küche und bleibe vor der Vitrine stehen. Ich blicke in das Glas, ich wende den Kopf und fasse mir verstört an mein Haar. Mein schwarzes, zu kurzes Haar.

✦

Th: Was im Werk zu sehen ist, entscheidet der Künstler. Was im Werk nicht zu sehen ist, entscheidet der Betrachter.

✦

Heute Abend essen wir nur zu viert. Henrik fehlt. Sein Wildbraten ist köstlich, aber unfertig, wie ein verheißungsvolles Bild, dessen fehlende Vollendung für stummen Frust sorgt. Die 2x3 Meter an der Hinterwand sind nur schwach beleuchtet, Lasses Skizzierung bleibt mir weiterhin ein Rätsel. Es könnte sich um eine Landschaft handeln, ein Bergmassiv; es wäre nur logisch, würde sich in AURORAs Gesamtwerk fügen – die Vermessung der Einsamkeit in der unendlichen Kälte und Natur der Arktis. Aber haben sie am ersten Abend nicht gesagt, sie möchten »weitergehen« als bisher, möchten Grenzen sprengen? Wenn der Prozess mich einbindet, muss es dann vielleicht nicht auch das Motiv? Die Skizze könnte genauso gut einen schroffen Akt darstellen, einen abstrakten, in sich verschlungenen Frauenkörper. (Ich erinnere mich plötzlich wieder an den Traum, den ich in der vergangenen, viel zu kurzen Nacht hatte: Ich sehe mich draußen im ewigen Eis; ich liege nackt im Schnee, aber ich friere nicht. Unter meiner Haut schmilzt das Eis zu Wasser, und über mir sehe ich die Polarlichter, wie ich sie nur aus Abbildungen kenne – ich sehe einen grünen Lichtstreifen am Firmament, es ist derselbe Farbton, mit dem meine Zimmerwände ausgemalt sind, und das Grün zittert, bewegt sich plötzlich, der grelle Lichtstaub formt sich über mir zu einem Schriftzug, einem einzigen Wort: RETTEN – aber wen oder was? Und warum gerade dieses Wort? Ich weiß es nicht, denn hier endet der Traum.) – Das restliche Essen verläuft gesittet, geradezu langweilig. Danach gibt es Kaffee. Keinen Wein. Gerade jetzt, wo ich einen Schluck vertragen könnte, ausgerechnet jetzt ist der Wein aus, wird es den Rest der Woche keinen einzigen Tropfen mehr geben. Und das unter Künstlern. Wie soll ich das durchhalten? Ich wusste, ich hätte gleich am ersten Abend – nein, Schluss. Genug. In Wahrheit habe ich dem stillen Engel zu danken, der die letzte Flasche geleert hat. (M: Mangel kann Leben retten. RETTEN – vielleicht mich selbst?)

✦

Vierzehn Monate. Das ist der Unterschied: Wer kein Suchtpotential in sich trägt, der sagt, er hatte schon seit über einem Jahr keinen Kater mehr; wer das letzte Honorar an einem Wochenende vertrinkt und die eigene Mutter für ein Fläschchen Gin beklaut, sagt vierzehn Monate. Vierzehn Monate lang hat mir nichts gefehlt, doch jetzt, hier, steigert sich der Durst mit jeder Stunde, fällt mir die Nüchternheit wieder schwerer und schwerer, wie damals, als ich noch am Flughafenklo [Stelle unkenntlich] Ich will, nein, ich muss hinaus, vor die Tür, für einen Moment nur, ich will die Arktis atmen und mich mit Kälte bestrafen, mich abhärten, auf andere Gedanken bringen; es geht nicht. – Nach dem Abendessen täusche ich den Gang auf die Toilette vor, doch statt in das blaue Zimmer trete ich an die Eingangstür, drücke zum ersten Mal die Klinke. Die Tür ist abgeschlossen. Selbst mein Fenster, bemerke ich später, selbst das ist abgesperrt. Verriegelt mit einem kaum sichtbaren, fixierten Metallband. Und dann ist da noch immer der verschlossene Raum. Das siebte Zimmer.

Wofür steht es? – Ich kann hier zwar nichts googeln, doch ich kann etwas herausfinden. Ich will nicht zurück, ohne zu wissen, was.

✦

Ein zeitloses Prinzip: Der Umweg ist das Ziel. Zurück an der Werkbank, frage ich die drei Künstler nach dem Abwesenden (tatsächlich habe ich keine Ahnung, wo Henrik steckt). Du bist zwar unser Damenbesuch, sagt Per und rückt die Mütze zurecht, doch Henrik ist die einzige Pussy hier. (M: Per mag mich.) Dann schließt sich die Pussy wohl zum Weinen in das Extrazimmer, sage ich betont abwertend und warte auf die Reaktionen. Schließlich ist es Gunnar, der freundliche Riese, der mir den Gefallen tut: Nein, sagt er, Henrik hat doch den Schlüssel nicht – ein Schlag auf den Tisch lässt ihn verstummen. Lasse hat ein Buch auf die Werkbank geworfen, *Mysterien* von Knut Hamsun, er wechselt schnell das Thema und beginnt die Geschichte, wie er zu der Erstausgabe gekommen ist und was AURORA mit der Hauptfigur verbindet, doch ich habe sie schon, habe genau die Information, die ich wollte: So wie es klang, gibt es wohl nur einen Schlüssel für das siebte Zimmer, und Henrik hat ihn nicht. Das genügt mir, vorerst.

✦

Ich verabschiede mich heute sehr früh für die Nacht, behaupte, ich müsse meine Notizen noch einmal überarbeiten und erweitern, hätte schon eine erste Idee für eine Einleitung, außerdem sei ich müde, den starren Raum nicht gewöhnt (letzteres stimmt), dann warte ich in Pullover und Wollstrümpfen in meinem Bett, warte bei gedämpftem Licht, warte, bis keine Laute, keine Schritte mehr zu hören sind, warte eine Ewigkeit, warte einen Wimpernschlag, warte geduldig, warte erregt. Die gekürzten Haarspitzen kitzeln meinen Hals. Und wieder erscheint mir das Bild, dieser Begriff aus meinem Traum, wie eine Vision: RETTEN. Eine vernebelte Erinnerung kommt hoch. RETTEN – wo und in welchem Kontext habe ich das Wort zuletzt gehört? Mir wird heiß. Ich lausche noch einmal, dann ziehe ich die Strümpfe aus und schleiche auf nackten Sohlen in die Küche.

✦

Verdammt, er sitzt tiefer als gedacht. Ich will nicht mehr schreiben, doch ich kann nicht schlafen mit diesem Schmerz, also zwinge ich mich zur Niederschrift, hoffe, dass sie von der Wunde ablenkt; hoffe, dass ich mir im Schreiben klarer werde, was in der Küche eben passiert ist. – Wie im falschen Jahrhundert fühle ich mich, als ich auf Zehen im groben Dunkel stehe, statt dem kalten Handylicht halte ich eine cremeweiße Stabkerze in der Hand, die ich in der ersten Schublade finde, leuchte mir damit einen winzigen Kreis, ein warmes, frustrierendes Licht, gerade hell genug, um schlecht zu sehen. Ich weiß nicht, warum ich gerade hier in der Küche, zwischen den Sanddornwänden, anfange zu suchen, weiß nicht einmal genau, wonach ich eigentlich suche; wenn das Intuition ist, dann kann ich nur hoffen, sie weiß Bescheid. Die vielen losen Holzschubladen möglichst lautlos zu durchsuchen, ist eine Herausforderung. Und leider völlig umsonst. Es findet sich kein doppelter Boden, kein verstecktes Hinterfach, kein leisester Hinweis auf irgendeinen Schlüssel. Ich blicke unter das Waschbecken: nichts. In den Töpfen, Schalen, Vasen, zwischen Gewürzmühlen, hinter der Kaffeemaschine: nichts. Ich drehe mich enttäuscht um, da fällt mein Blick wieder auf den Glasschrank, in dem das Gewehr hängt. Die Sinne schärfen sich. Ich bewege mich vorsichtig auf den Schrank zu, öffne sachte einen Türflügel. Ich halte die Kerze dicht an das Gewehr und betrachte es. Wie ein Museumsstück hängt es da. Plötzlich glaube ich, dahinter etwas zu erkennen; ich halte die Kerze näher und beleuchte die Rückwand des Schrankes; etwas scheint dort in das Holz geritzt. Im schwachen Licht erkenne ich einen Vogel, es sieht aus wie eine Ente; eine stehende Ente in sehr groben, abgehackten Zügen – und daneben zwei eingeritzte Ziffern: »4/6« – was bedeutet das? Steht es vielleicht für die Patronen im Gewehr? Vier von sechs Schuss sind noch übrig – oder sind vier Schuss verbraucht? Hat Per das eingeritzt? Und was soll die Ente, hier in der Arktis? Die vielen Fragen überfordern mich. Ich brauche Abstand, setze langsam, unbewusst, einen Schritt zurück, noch einen – dann folgt der Schrei; ein Schmerz dringt in meinen rechten Fuß, ich schreie laut auf, die Kerze fällt zu Boden und erlischt. Dann Stille. Ich bücke mich im

Dunkel, taste zitternd nach meiner Sohle, spüre darin ein spitzes Scherbenstück und warmes dickflüssiges Blut, das aus der Wunde tritt. Ich beiße mir schwer atmend auf die Unterlippe, schließe die Tür des Glasschranks und suche hektisch nach der Kerze am Boden. Endlich finde ich sie, hebe sie auf – in dem Moment geht das Licht an. Ich drehe mich erschrocken um; in der Küchentür steht Henrik. Warum ich hier im Dunklen stehe, fragt er. Hier könnten noch Scherben herumliegen. Ich blicke wortlos an ihm vorbei. Der kleine Mann kommt auf mich zu. Plötzlich bemerke ich die Kerze in meiner Hand, ich will sie schnell hinter dem Rücken verstecken, doch zu spät. Was ich spätnachts in *seiner* Küche suche, fragt Henrik, jetzt mit Nachdruck, es klingt wie ein Verhör, und was ich da in meiner Hand halte. Seine Augen weiten sich, fordern eine Antwort. Meine Antwort. – Doch ich sage nichts, keinen Satz, ich blicke nur in Henriks braune Augen. Dann handle ich schnell; und wieder ist es, als würde jemand für mich handeln, als würde mich jemand dazu bewegen, jemand, der mich besser kennt, besser versteht als ich mich selbst. Jemand, der Bescheid weiß. Ich hole die Stabkerze langsam hinter meinem Rücken hervor, zeige Henrik das lange, schmale, erloschene Wachsstück, präsentiere es verschämt; dann hebe ich langsam meinen Pullover an und ziehe mit dem Kerzendocht Kreise über meine Haut, meinen Nabel, meine Brust; ich drehe das Stück um und führe das untere Kerzenende an meine Lippen, blicke dabei unentwegt in die weiten Augen vor mir. Dann fasse ich Henrik zwischen die Beine und bitte ihn, das Licht zu löschen.

## 8. November

Ein Gedankenspiel: Du hasst einen Künstler; du hasst ihn, wie die Leute Fontanas Leinwandschlitze hassen. Du hasst sein Auftreten, seinen Erfolg, sein Werk, seine Motive. Du hasst seine Bilder, jedes einzelne. Du bist reich, kannst sie dir leisten. Du kaufst alle seine Werke, nur um sie aus dem Verkehr zu ziehen, du zerstörst sie, weil sie dich anwidern, dich krank machen. Weil du willst, dass niemand diese Bilder sieht, dass sie nicht mehr existieren. Doch du weißt, dass du den Künstler mit deinen Käufen unterstützt, und je mehr Werke du erwirbst und entfernst, desto produktiver und schneller schafft der Künstler neue. Du kommst in die Zwickmühle: Kaufst du ihn weiter, so förderst du, was du verabscheust, kaufst du ihn nicht, bleiben seine widerlichen Werke im Umlauf. F: Kannst du den Künstler ignorieren?

✦

Noch vor dem Frost blättere ich durch das Journal, suche nach dem Auszug aus AURORAs Manifest, den ich mir noch am ersten Abend notiert habe. Ich finde ihn; ich lese die ersten Zeilen, wieder und wieder: »Wir (…) Hüter einer Kunsttradition, in der das Individuum hinter dem Werk verschwindet.« – Wenn die Persona, das Image des Künstlers unsichtbar ist, wenn der Schöpfer in der Leinwand vollends aufgeht, dann bleibt am Ende tatsächlich nur das Werk. Dann wird das Bild für sich stehen und nur für sich (Punkt 7 im Manifest). Was aber, wenn ich die Menschen, die Männer hinter dem Bild kenne, wenn sich ihre Schwächen, ihre Stimmen und Gewohnheiten fest in mir eingeprägt haben, wenn ich weiß, wie ihr Sperma schmeckt … Dann kann ich das Bild nie wieder für sich betrachten. Dann kann ich nie wieder zurück.

✦

Zum Frost wird heute Dorschrogen serviert. Gunnar hat ihn eingebracht, ein leiser Versuch, Henrik wegen gestern zu versöhnen (es scheint, als wäre Gunnar mein Schutzengel). Ich nippe am heißen Kaffee und betrachte die rotweiße Konserve mit den delikaten Fischeiern, sie erinnert mich von fern an Campbells Suppendosen. Angeblich hat es Warhol immer bereut, nicht bei dem Motiv geblieben zu sein. Im Grunde, soll er später einmal gesagt haben, malen doch alle nur ein einziges Bild in ihrem Leben; und vielleicht war das sogar ernst gemeint. Jeder große Künstler hat doch am Ende seine Suppendose, seinen *Schrei*, das eine Bild, mit dem er immer und sofort assoziiert wird – nur, wer bestimmt darüber, welches Bild das *eine* ist? – Heute, sagt Lasse, mitten hinein in meine Konservengedanken, heute beginnen wir den Farbauftrag.

✦

M: Über den Begriff *Auftrag* nachdenken. Ich kam hierher mit dem einfachen Auftrag, eine Künstlerarbeit zu dokumentieren und in eine Geschichte zu fassen, zu beobachten und zu beschreiben, wie hier Farbe aufgetragen wird. Jetzt ist da mehr; jetzt will ich selbst etwas auftragen.

✦

Heute bin ich zuvorkommend, räume Teller und Tassen ab, noch ehe die Männer reagieren, trage das aufgetürmte, rote Porzellan zurück in die Küche, die Lippen dabei fest aufeinandergepresst; der Schnitt in meiner rechten Sohle schmerzt durch Wollsocken und Schuh hindurch, ich habe die Wunde über Nacht ignoriert, sie nicht einmal gewaschen, nur ungenügend mit Klopapier umwickelt, am frühen Morgen noch in das Laken geblutet. Dennoch ist mein Gang beherrscht. In der Küche sind keine Spuren zu erkennen, jemand muss die Bodenfliesen in der Früh gereinigt haben. Ich stelle das Geschirr ab und drehe mich zum Glasschrank: das Gewehr hängt unverändert, wie in der Nacht. – Und wenn ich all das nur geträumt hätte? Wenn die Geheimnisse der letzten Nächte nur in meinem Kopf stattfanden, die Bilder alle nur Einbildung waren? Nein, das hier kann kein Traum sein. Dafür ist der Schmerz einfach zu real.

✦

Ich sitze im Grasgrün, das Bett gemacht, das Journal auf dem Schoß. Es klopft. Per öffnet die Tür, ohne meine Reaktion abzuwarten. Abrupt, erschrocken schließe ich die Seiten, der Kugelschreiber fällt mir durch die Finger; ich blicke hinunter und erkenne, wie die schwarze Mine auf meine linke Handkante abgefärbt hat. Ich hasse es, Linkshänderin zu sein; nie voraus, immer nur hintennach zu schreiben. Immer zu schmieren. Ich hasse es, mich ständig schmutzig fühlen zu müssen, nur weil ich als Kleinkind mit der falschen Hand nach dem Stift gegriffen habe; ein sekundenschneller Reflex, eine lebenslange Konsequenz. – Ich frage Per, was er will. Er sieht, wie ich mir die Handkante reibe, rückt sich die Mütze zurecht und grinst. Ich stehe auf, entschuldige mich, will mir nur schnell im Bad die Hände waschen. Per versperrt mir die Tür. Aber nein, sagt er, wir brauchen ihn doch noch. – Was? – Deinen Schmutz.

✦

Aber woher nur, ich meine, wie konnten sie es wissen – denn ich konnte es spüren, sehen, sie alle wussten, dass ich in der Nacht durch die Werkstatt geschlichen bin, barfüßig durch die Werkstatt geschlichen bin, und sie alle wussten, dass ich sie mir nicht gewaschen habe, weil … Keine Ahnung, warum. Doch ich glaube nicht, dass Henrik geredet hat, er wirkt immer noch beleidigt wegen gestern, sprach beim Frost kein Wort. – F: Warum ich? Die Frage wird dringlicher, aber ich kann sie noch nicht aussprechen, kann nur niederschreiben, was in der letzten Stunde passiert ist: Per führt mich in das rote Zimmer, er bittet mich (ungewohnt höflich) auf einem der Holzstühle Platz zu nehmen, er setzt sich zu mir an die Werkbank, nimmt meine linke Hand. Legt sie auf einen Papierbogen und bittet mich, stillzuhalten. Auf dem Tisch liegen die Pinsel, die Per gestern angefertigt hat, ihrer Stärke nach geordnet, daneben eine unbenützte Palette, tubenweise Ölfarben, ein Teppichmesser, Make-up-Entferner, eine Packung Wattepads und eine absurde Menge an Feuchttüchern. Per stülpt sich ein Paar Einweghandschuhe über die langen, schmalen Finger (er tut es mit ausgestelltem, ja, heiligem Ernst, genauso wie Gunnar das Paket aufmachte), dann zieht er ein feuchtes Tuch aus einer Packung, legt es mir an die Handkante, und beginnt langsam, fast zärtlich, mir die Kugelschreiberschwärze von der Haut zu wischen. Ich sehe wortlos zu, wie er ein Tuch nach dem anderen verwendet. Die verbrauchten, eingedunkelten Tücher breitet er sorgsam aus und schlichtet sie, auch das mit zärtlicher Vorsicht, exakt übereinander, auf eine erhöhte, laborartige Glasplatte am Tischrand. Nach achtzehn Tüchern ist meine Linke sauber wie nie zuvor. – Und dann höre ich wieder seine Stimme, die Stimme eines wahren Gentleman, der lautlos hinter mich tritt. Wenn es nicht zu viel verlangt ist, sagt Lasse, dann solle ich mir jetzt bitte die Füße frei machen. Ich drehe den Kopf zu ihm; Gunnar taucht dahinter auf, auch Henrik. Ihre Blicke bohren, stechen, doch sie zwingen mich nicht; ich entscheide, ich spiele mit. Ich ziehe die Socken aus, Per rückt einen weiteren Stuhl heran, lagert meine Beine darauf, fasst nach einem weiteren Tuch und beginnt, mir den Schmutz der Nacht, die Dunkelheit der Fugen und Dielen, das verkrustete Blut, die finsteren Flusen abzuwischen. Er beginnt (als wäre die Hand nur ein Testlauf, eine Vorübung gewesen), er beginnt den wahren Schatz zu sammeln, zu schlichten, aufzusaugen. Er beginnt den Farbauftrag.

✦

Ich war nie gut in Chemie, aber wenn ich richtig verstanden habe, dann lässt sich das, woran AURORA in den nächsten Stunden arbeiten wird, in etwa so beschreiben: Der abgetragene Schmutz wird in den Feuchttüchern konserviert, diese werden erst getrocknet, dann verbrannt (in einem hitzebeständigen, metallenen Feuerkorb, der wie ein Relikt der Antike wirkt – und es womöglich auch ist). Der dabei entstehende Ruß dient als Pigmentgrundlage für die Gouache, die der Leinwand einen felsig matten Schwarzton verleihen soll, eine ungewöhnliche Vorarbeit für das, was später folgen wird, die Königsdisziplin: das Öl.

✦

Ruß. Jahrhundertelang hat der Lehrer seine Schüler vor der puren Schwärze gewarnt, wurde die absolute Dunkelheit aus der Malerei verbannt – bis die flämische Schule, bis ein Rembrandt, ein van Dyck das Porträt im Dunkel salonfähig (besser: kunstfähig) machten. Hier, in einem grasgrünen Zimmer am nördlichen Rand der Welt, hier fühle ich, als würde eine tief geschwärzte Leinwand über allem hängen, eine finstere Gouache, die niemals trocknet (der beißende Geruch von Verbranntem steht in der Werkstatt, weiterhin). Der bleierne Himmel wirkt schwer, tonnenschwer, und ich verstehe jetzt die Angst der Gallier, dass ihnen der Himmel eines Tages auf den Kopf fallen könnte; hier, auf Spitzbergen, da kann dich die Dunkelheit tatsächlich erschlagen.

✦

Ich muss aufpassen, dass ich meinen Beruf nicht verliere. AURORAs enges Reich, ihre Regeln, Bedingungen und Eigenheiten, sie entfernen mich immer weiter von etwas, das ich mir einmal unter Professionalität vorgestellt habe; sechs Jahre Kulturjournalismus, sechs Jahre Ausstellungen, Kunstmessen und Museumsreisen, und nie habe ich eine Deadline verpasst, nie ein Interview abgesagt, nicht mal nach der zweiten Flasche. Selbst zu Beginn, als ich noch in London für das ART TO BEAR schrieb, da entstand zwar alles im Rausch, aber es war ein konzentrierter, ein kontrollierter Rausch, einer, der zu meiner besten Arbeit führte. In Wien war das anders, vielleicht auch wegen der Nähe zu S., aber nie fühlte ich mich so wie hier. Vierzehn Monate lang habe ich die Grenzen gefestigt, und in nicht einmal vier Tagen reißen sie ein; Berufliches und Privates, Verstand und Empfinden, Suche nach Material und Lust am Experiment, all das verschwimmt hier in der Werkstatt, treibt mehr und mehr ineinander, vermengt sich zu einem einzigen unbekannten Farbton, einer irritierenden Fläche. Ich brauche einen Kaffee.

✦

Der rechte Fuß schmerzt, mit jedem Auftreten. Ich muss mich setzen; ich muss die nächsten Schritte planen.

✦

Eine Geschichte: Ein Künstler und ein Kaufmann streiten über die Frage, wer den wichtigeren Beruf hat. Der Kaufmann erklärt die Kunst für nutzlos, der Künstler schimpft ihn einen Idioten. Beleidigt geht der Kaufmann zum König, fordert ihn auf, den Künstler zu bestrafen. Der König schüttelt den Kopf. Schau, sagt er, dich Kaufmann kann ich durch sechs andere ersetzen; den Künstler aber kann ich durch niemanden ersetzen. – Das bedeutet, der Künstler kann tun und lassen, was er möchte, ohne jede Konsequenz, sage ich, nachdem mir Lasse die Geschichte erzählt hat (immer erzählt er eine Geschichte, manchmal wahr, manchmal erfunden, immer authentisch). Nein, sagt er, das bedeutet nur, dass die Arbeit des Kaufmanns austauschbar ist, während die Arbeit des Künstlers immer einzigartig sein wird. Und wenn die Arbeit des Künstlers niemand kauft, frage ich. Dann bleibt der Künstler hungrig, trotzdem unersetzbar. – Wir sitzen wieder im gelben Zimmer, Lasse hat den Satz noch nicht zu Ende gesprochen, da sehe ich plötzlich eine Chance, versuche ihn zu überrumpeln; aus dem Nichts frage ich, ob es auf Spitzbergen viele Enten gibt. Ich blicke in seine Augen. Einen Moment zögert Lasse und starrt an mir vorbei gegen den zitronengelben Kalk – auf die Reaktion hatte ich gehofft, fühle mich bestätigt. Alken, sagt er dann, nicht Enten. Falls ich Alken meine, ja, von denen gibt es eine Menge in der Landschaft. Aufrechte, elegante Vögel. Sehen ähnlich aus wie Pinguine, sind aber nicht verwandt. Es gibt dazu eine Geschichte, sagt Lasse, doch ich unterbreche ihn, hake weiter nach: Warum diese Tiere dann in ihrem Werk nicht vorkommen, weshalb sie in den Landschaftsbildern fehlen. Diesmal kommt Lasses Antwort umgehend: Es ist traurig, sagt er, aber wahr: Niemand von uns vier kann Alken malen. – Doch einer von euch vier, einer kann sie in Holz ritzen. Denke ich, spreche es aber nicht aus.

✦

Beinah hätte ich etwas vergessen; ich hatte das Journal schon zugeschlagen, werde wieder gerufen – aber da war noch etwas im Gespräch mit Lasse, ein kurzer Moment der Irritation. Nach meiner letzten Frage zu den Vögeln lenkt er wieder ab, betont, ich solle nicht vergessen, in meiner Geschichte das Kollektiv hervorzuheben – niemand kann alles, aber zusammen sei fast alles machbar. Das Gespür *eines* Künstlers erschafft Einzigartiges – stell dir vor, was das konzentrierte Gespür *eines halben Dutzends* an Künstlern erschafft. – Ich weiß nicht, aber es war dieser simple Wortlaut (»half a dozen«), der mich irgendwo irritierte, mich aufhorchen ließ, ich weiß nicht, warum. Vermutlich werde ich paranoid. Aber vielleicht bin ich mein Berufsgespür doch noch nicht los; noch nicht ganz.

✦

In der Küche, sanddorn. Henrik steht an der Anrichte, Schüssel und Holz in den Händen, eine runde Form vor sich (ich tippe auf Haferkuchen). Er rührt eine cremeweiße Zuckerglasur, presst eine Zitrone und rührt sie ein, konzentriert, gleichmäßig, wie ein Maler die Farbe einrührt. Man darf ihn dabei eigentlich nicht stören, doch er hat mich gerufen. Jetzt stehe ich hinter ihm, blicke über seine Schultern und warte lange auf ein Wort. Als ich die Geduld verliere, wende ich den Blick ab, starre auf die Fugen und frage Henrik, ob er heute Morgen aufgewischt hat. Und dann kommt wieder eine dieser Reaktionen, die mich gleichzeitig verstören und faszinieren (vielleicht faszinieren, *weil* sie verstören), und ich unter dem Kittel wieder meine Poren spüre, ein inneres Brennen, Hitze. Henrik dreht sich zu mir. Wenn ich in die Glasur gespritzt hätte, würdest du es dann herausschmecken? Es ist keine Frage. Er testet mich. – Na? – Ich schwitze. Nein, sage ich. Außer ich wüsste, dass der Koch pervers ist. – Henrik starrt mich an. Taucht einen Finger in die Glasur und hält ihn mir entgegen. Ich zögere, blicke zu Boden, weiß nicht, wie lange. Dann hebe ich den Kopf, sehe Henrik an und halte seinen Blick, während ich den Finger abschlecke; die Glasur ist klebrig, warm, bittersüß. Sie ist köstlich. Ob ich einen Unterschied schmecke, fragt Henrik. – Einen Unterschied zu was? – Zu letzter Nacht. – Ich stoße einen Laut aus, stoße ihn von mir, weiche reflexartig zurück und will ihn einen Perversen schimpfen für den Satz, ihm noch einmal in den Schritt fassen, doch diesmal zudrücken; doch ich will es *nicht wirklich*; es ist die Erwartung eines früheren Ichs, es zu wollen, so reagieren zu müssen, auf so einen Kommentar, aber nur in Gedanken, weil es dem Drang ohnehin nicht nachgeben, ihn niemals ausleben würde. Was ich jetzt wirklich und ehrlich will, das ist mehr von dieser göttlichen Glasur. Ich will sie an mich reißen, doch ich zögere; bleibe steif und stumm. Und Henrik – er sieht mich an, mit diesen weit geöffneten, kalten Augen, sieht mich wieder an, als könne er alles in perfektem Licht lesen, als hätte ich die letzten Gedanken laut und deutlich ausgesprochen. Schließlich drückt er mir die Schüssel in die Hände. Die einzige Perversion ist Zurückhaltung, sagt er. Damit ist die zweite Lektion abgeschlossen.

✦

F: Gibt es eine Hierarchie bei AURORA? Während sich der schwefelige Geruch langsam aus der Werkstatt verzieht und die Gouache im roten Zimmer Form annimmt, denke ich über diese Frage nach, die von den Künstlern schon hundertmal verneint wurde, ohne dass ich sie je gestellt hätte; einmal zu oft, wie ich glauben will (die Betonungen erinnerten mich unsanft an die ersten trockenen Monate, als ich bei S. ständig betonte, wie unendlich glücklich ich ohne einen Tropfen sei). Mit wahrem Glück aber gibt man nicht an; und Demokratie betont sich nicht. – Ich stelle mir den Kleinen vor, den stolzen Gourmet, den ich letzte Nacht in meinen Mund kommen ließ. Seine Statur erweckt den Anschein, als wäre er noch im Wachstum, seine Hände sind unfertig, jugendlich, eine Spur zu klein, doch der Ton seiner Stimme lässt keinen Zweifel an seinem Alter. Er kann Befehle erteilen – aber kann er sie auch durchsetzen? Ja, natürlich, ihm gehört die Küche, die Detailarbeit – doch es scheint mir nicht so, als gehörte ihm das letzte Wort im Kollektiv. Für die Führung ist er zu launisch, zu aufbrausend, zu leicht zu erregen. Nein, Henrik ist es nicht, doch ich bin sicher: Finde ich erst den Anführer, finde ich auch den Schlüssel für das siebte Zimmer.

✦

Ein Schlag in die Fresse, von einem Unsichtbaren – so hat man mir eingangs den Wind hier beschrieben (ich denke, es war Per, der Ton passt zu ihm); den Wind der Arktis an einem stürmischen Tag. Heute ist so ein Tag. Es ist kein Rauschen, kein Heulen, kein Gewinsel, es sind Peitschenhiebe, die mit hundert Stundenkilometern gegen die Werkstattmauern knallen, und zum ersten Mal kann ich sie wirklich nachvollziehen, die dritte Bedingung: Man geht hier nicht raus, wenn es nicht wirklich sein muss, wenn es sich vermeiden lässt, wenn man nicht völlig wahnsinnig ist. Sie klingen noch gewaltsamer, entfesselter als die Bärenlaute; und sie verziehen sich nicht, diese unsichtbaren, lauten Peitschenhiebe, sie foltern die Werkstattruhe mit der Freude und Ausdauer eines sadistischen Kindes. – Zwischen den Hieben erklingt eine ferne Stimme. Der verdammte Haferkuchen ist jetzt fertig. Ich blicke an mein Fenster: Es beginnt zu schneien.

✦

Der Schneefall wird stärker. Ein blinder Sturm, der jede Spur verwischt, die Landschaft wieder auf Null setzt, wie ein Künstler, der das eigene Werk noch einmal von vorne beginnt und Stunden von der Leinwand abträgt, als hätte es sie nie gegeben (Aufbauen und Zerstören, hat mein alter Zeichenlehrer es genannt, es ist immer ein Aufbauen und Zerstören). Ich liege mit Journal und Stift im blauen Zimmer, habe ein heißes Bad eingelassen, abgesperrt, und schreibe in der Wanne, während eine Armee in Weiß gegen die Scheiben stürmt. Doch eigentlich stimmt es nicht – Schnee, das ist niemals nur weiß; Monet hat das erkannt, und AURORA auch. Während sich in Monets Impressionen aber noch lebhafte Cyan-, Beige- und Rosénoten unter das Eis mischen, erhält der Schnee in AURORAs Werk eine erkaltete, aschfahle Grautönung; eine dunkle Ahnung von Ableben, als wären sich die Schneekristalle ihrer Endlichkeit bewusst. *Existenzialistisch* nennen das die Experten und feiern den Tod auf der Leinwand, weil sie ihn nicht verstehen. – Lasses Striche waren im Übrigen eine Täuschung, der vermeintliche Akt (wieder) nur eine Irreführung: Vorhin konnte ich einen ersten Blick auf die geschwärzte Leinwand werfen, konnte sehen, wie Gunnar die Gouache auf die untere Leinwandhälfte auftrug und Lasses Komposition mit meinem Ruß füllte: Es ist pures Gestein, kein Körper. Eine Gesteinsformation, die sich aus einem Meer aus Asche erhebt, wie ein im Ofen verkohlter, gigantischer Brotlaib, der die Landschaft definiert. Doch etwas wirkt falsch an diesem Massiv, da fehlt nicht nur das Öl in der oberen Hälfte, da ist zu viel Platz, scheint mir Lasses Komposition nicht stimmig, fast fahrlässig … Und wenn auch das nur Teil der Irreführung, des großen Plans ist? – Wieder lässt mich das Kollektiv im Dunkel.

✦

Wie lange war ich bloß im Wasser? Als ich zurück in den Kittel schlüpfe, ist mein Körper erfrischt und erschlafft, fühle ich mich jugendlich und uralt zugleich, gefangen in einer verzerrten Zeitlosigkeit; so wie sich alles hier zeitlos anfühlt, als stünde dieser Ort außerhalb von Raum und Zeit. Eine abgesperrte Enge, umringt von Schneemassen und Eisbären, überdacht mit Dunkelheit, endloser Dunkelheit … zu Hause könnte ein Krieg toben, ich könnte es nicht prüfen. Nichts kann ich hier prüfen, außer mich selbst.

✦

Und dann wieder die Frage nach den Ideen. Ich habe nie verstanden, wie absolut durchschnittliche, fantasielose Menschen plötzlich zu kreativen Höchstleistungen finden, wenn es darum geht, andere anzufeinden, sie zu erniedrigen, zu verletzen, zu foltern, sie zu töten. Im Zweiten Weltkrieg haben die Nazis ihre Gefangenen in einer Reihe hintereinander aufstellen lassen und dann ein einzelnes Vollmantelgeschoss durch ein halbes Dutzend Gehirne gejagt – um Munition zu sparen. Wie viele Künstler musste ich schon fragen, wie sie auf ihre Ideen (ihre Einfälle) kommen, ständig muss man Kreative nach ihren Ideen fragen – doch wie zum Teufel kommt man auf so etwas? Wie kommt man auf die Idee, das Töten effizienter, grausamer, kreativer zu gestalten? Und wie findet ein begrenzter Geist zu unbegrenztem Sadismus? Der Scheiterhaufen. Die Streckbank. Eiserne Jungfrau. Bambusfolter. Das Kreuz. – Nein, auf so etwas kommt man nicht einfach so, nicht einmal im Traum, zumindest nicht von selbst und nicht alleine, niemals alleine, nein, da gibt es keinen Erfinder, da gibt es nicht den *einen* gefeierten, verhassten Namen; am Folterinstrument sucht man vergeblich nach der Signatur. In diesem Sinn, im Zeichen des Bösen, da hat AURORA recht: Es gibt keine individuellen Ideen.

✦

Th: Man kann in der Kunst groß sein oder im Leben. Doch nie in beidem.

✦

Ich brauche einen Plan. Heute noch will ich herausfinden, wer ihn hat, wer ihn hütet, den Schlüssel für das siebte Zimmer – ich will einfach nicht glauben, dass es leer steht. Etwas muss darin verborgen sein, etwas muss dem versperrten Zimmer seinen Grund liefern. Das Gefühl wird stärker, ich habe in den letzten Tagen etwas Entscheidendes übersehen, habe die Zeichen falsch gelesen, sie zu schnell überflogen. Die eingeritzten Zahlen im Gewehrschrank, vielleicht waren sie keine Mengenangabe, sondern eine Kombination? Womöglich ein Datum? 4/6 – der 4. Juni? Aber was war, was könnte gewesen sein an diesem Tag, und wie stehen die Ziffern im Zusammenhang mit dem Rest – plötzlich wird es laut; die Stimmen von draußen unterbrechen meinen Gedankenfluss. Überschwängliches Gegröle hallt durch die Wände, eine irre Lautstärke, die ich hier erst einmal erlebt habe, als eine Flasche flog. Jemand reißt die Tür auf.

✦

Scheiße. Scheiße, Scheiße, Scheiße. Warum nur, warum ist er so schwach, warum habe ich mich überreden, mich überstimmen lassen? – Schreiben, ja, das ist sie, ist die einzige Möglichkeit; schreiben, um nicht zu vergessen, um aufzuzeichnen, festzuhalten, was ich gesehen habe. Schreiben, um auszunüchtern. – Aber der Reihe nach: Gunnar reißt die Tür zu meinem Zimmer auf, in jeder Riesenhand eine Flasche Gin. Zeit zum Anstoßen, sagt er (umschlungen von seinen Pranken sehen die Flaschen so klein aus, so harmlos klein). Ich glaube erst an einen Witz, denke, sie hätten das weiche Wasser aus dem Hahn in zwei leere Ginflaschen gefüllt, ein Streich, ein Unsinn, darauf falle ich nicht rein, sage ich. Gunnar lacht, schüttelt den Kopf. Hab ich eben erst gefunden, sagt er stolz, waren richtig gut versteckt, in einem ihrer Kartons. – Wessen Kartons, frage ich, doch überhöre die Antwort. Meine Gedanken kreisen nur noch um die flüssigen Möglichkeiten zwischen Gunnars Fingern. Wir müssen feiern, sagt er, wir sind über den Berg. Er streckt die Arme zu mir aus, die Flaschen nah, ganz nah an meinen Schläfen. – Ich bewege den Kopf, lehne ab. Es ist noch zu früh. Aber danke. Gunnar hört nicht zu. Die anderen warten schon, sagt er. Nur ein Glas. Der Prozess läuft fantastisch. Ein Glas, komm schon. Nur einen Schluck. – Ich zögere. Ich weiß, bin mir sicher, ich werde stark bleiben, aber der Gedanke, dass AURORA selbst die Flaschen leert und sich ihre Zungen dabei lösen, ja, das könnte sie sein, die eine Chance, endlich Licht auf den blinden Fleck zu werfen. Ich nicke. Wir gehen in das rote Zimmer, die erste vollständige Sitzung seit, ich weiß nicht, wann … Die Stimmung: ausgelassen. Gunnar hat schon eingeschenkt, als ich mich an die Werkbank setze, vier Männerhände erheben ihre Gläser und rufen in fehlerfreiem Deutsch: Auf unseren Gast! Auf Valerie Vogler! – Na schön, denke ich, da wäre es wirklich unhöflich, ich hebe mein Glas, stoße an, und sie bedanken sich, danke, thank you, tak tak tak. Für die Mitarbeit, sagt Lasse. Ein Zug, das Glas ist leer; dieser fruchtige Geschmack, die kernige Würze, Kräuter und Beeren … Ich lache befreit und halte Gunnar mein Glas entgegen. Und dann – ja, das war es, genau hier, das war die Stelle, das entscheidende Bild, schnell, bevor es aus dem Kopf verschwindet: Ich lache und halte Gunnar mein Glas entgegen, doch Lasse kommt ihm zuvor; er fasst nach der Flasche, beugt sich weit über den Tisch, um sie zu erreichen, und in dieser einen Sekunde sehe ich sie, im künstlichen Licht blitzt sie aus der Brusttasche von Lasses Kittel, für einen Augenblick nur, blitzt silbern heraus – die Kette. Eine Silberkette, die an etwas hängt, etwas, das sie in der Tasche hält. Etwas wie ein Schlüssel. Natürlich, es war vollkommen klar – diese sonore Stimme, diese Ruhe, dieser gelassene Erzähler, *er* ist der Kopf des Kollektivs; er schenkt mir ein, lehnt sich zurück, das Silber verschwindet wieder im Kittel. Ich grinse Lasse zufrieden an. Für deine Mitarbeit. Tak tak tak. – Zwei Gläser später (oder drei) entschuldige ich mich kurz, doch ich gehe nicht ins blaue, sondern ins grüne Zimmer, ich schreibe, schreibe – verdammt, jetzt bin ich schon viel zu lange weg, ich brauche eine Ausrede … Mir wird schlecht. Vielleicht sollte ich mich hinlegen, jetzt gleich. Wie spät ist es? Verdammt, es gab noch nicht einmal Abendessen. Dieses Gefühl, das Glas auf leeren Magen. Scheiße. Ich höre meinen Namen. Gunnar ruft mich. Gelächter. Schwindel. Peitschenhiebe. Es wird mir zu viel, zu laut, alles. Doch wann habe ich jemals *so* einen Gin getrunken? Wieder höre ich meinen Namen. Na schön, ein Glas noch, nur aus Höflichkeit, dann lege ich mich schlafen. Nur ein Glas. Nicht mehr.

[die nächsten vier Seiten fehlen]

# 9. November

Noch nie in meinem Leben ging es mir so schlecht. Das Erste, das ich sehe, als ich wieder aufwache (besser: zu mir komme), das sind die Kotzespuren auf meinem Kittel; in der schlechten Luft hängt der Gestank von Urin und Erbrochenem, das Licht ist an, aber ich sehe nur bis zur Bettkante; ich liege am Boden meines Zimmers. Ich stinke, friere, kann mich an nichts erinnern. Das Journal offen neben mir, ich fasse danach, blättere zitternd durch die Seiten, lese die letzten Einträge, kann mich auch an sie nicht erinnern – seitenweise Selbstmitleid, verwirrte Wut auf S. und Wien, mir wird noch schlechter, als ich meine Schrift lese, alles kommt mir hoch, ich fluche, spucke, reiße die letzten Seiten heraus und wische mir den Schritt damit, zerknülle, werfe das Papier in die Ecke. – Wie spät ist es? Und was zum Teufel ist letzte Nacht passiert? Erst jetzt fällt mir auf, dass ich unter dem Kittel nichts trage – überall liegen Kleidungsstücke verstreut, ich komme hoch auf die Knie, suche nach frischen Sachen, sehe nicht einmal bis zum Koffer, sehe gar nichts mehr, würge und fluche, schäle mich aus dem stinkenden Kittel und werfe ihn auf die zerknüllten Seiten, fluche weiter, verfluche mich, hasse mich für den Rückfall in alte Muster – halte inne. Mein Blick fällt auf den rechten Unterarm. In einer Sekunde bin ich wieder nüchtern. Ich blinzle, wie zur Überprüfung, blicke erneut, das Bild bleibt dasselbe: In der rechten Armbeuge klebt ein kleines, rosafarbenes Pflaster, das gestern noch nicht da war. Ich bewege meine linke Hand zu der Stelle, berühre, umrunde die Konturen. Ich ziehe das Pflaster vorsichtig ab. Darunter kommt ein geschwollenes, bläuliches Stück Haut zum Vorschein. Und ein Einstichloch.

✦

Diese Schweine – das ist der einzige Gedanke, nichts weiter, nur das, Schweine, verfluchte, und eine plötzliche, unermessliche Wut, ich fasse nach Slip und Oberteil, irgendwie übergezogen, renne in Unterwäsche hinaus auf den Gang, brülle, klopfe an jeder Tür, wie in der Nacht des Eisbären, doch diesmal ist keine Panik in mir, nur Protest – stürmischer, angstfreier Protest, allein gegen alle, allein gegen alles. Ich reiße die Tür zum Arbeitszimmer auf, sie schlägt gegen die rote Wand, vier Männerköpfe schwenken in meine Richtung. Was zur Hölle habt ihr mit mir gemacht, brülle ich in den Raum. Lasse starrt mich an. Wo ist dein Kittel, fragt er. – Was? – Dein Kittel. Wer in der Werkstatt ist, trägt Kittel. – Ich will etwas werfen, finde aber nichts; frage erneut, was sie getan, was sie mir gegeben haben. Keine Antwort. In meinen Augen staut sich plötzlich Verzweiflung, überschwemmt den Protest. Ich schniefe. Ich bin das nicht, sage ich leise, ich habe mir nie was reingeschossen, nie. Ich habe Grenzen. Die vier Künstler sehen einander verwirrt an. Was meint sie damit, fragt Gunnar in die Runde. Henrik zuckt mit den Schultern. Aber ihr, beginne ich tränend, ihr habt mir doch letzte Nacht … Ihr habt mir einen Schuss verpasst, ihr … Ich blicke hinüber zu Per, der im linken Eck der Werkbank sitzt, die Wollmütze zurechtrückt und sich wieder in die Arbeit vertieft. Er mischt die Ölfarbe. Neben und vor ihm stehen Paletten, Tuben und eine transparente Glasvorrichtung, darin zwei schmale Reagenzgläser, die mit einer klaren, blutroten Substanz gefüllt sind. Und während ich im nächsten Augenblick begreife, höre ich Lasses beruhigende Stimme, unendlich weit entfernt, wie ein Echo: Keine Sorge, wir würden nie auf die Idee kommen, dein Blut so zu vergiften. Wir brauchen es doch noch.

✦

Keine Ahnung, wie viel sie mir tatsächlich abgenommen haben, ich sehe das Verhältnis nicht mehr klar – Per hat es bereits in die Ölbasis gemischt, bereitet die Farbe für den Auftrag vor, den Gunnar und Henrik später ausführen werden. In jedem Fall scheint es zu viel zu sein, und viel wird benötigt, massenhaft viel von meinem Blutrot, das decken und tragen soll, auf den überdimensionalen 2x3 Metern … Mir wird wieder schwindlig, ich weiß nicht, ob von der Nadel oder von der Nacht, auf jeden Fall muss ich gewankt haben, denn Lasse merkt es, er kommt mir entgegen, hält meinen Arm, stützt und führt mich, führt mich ins gelbe Zimmer. Führt mich zum Bett. Führt mir eine dampfende Tasse an die Lippen. Medizin, sagt er, auf meinen fragenden Blick hin. Ich nippe. Verdammt guter Kaffee.

✦

Der Polarfuchs, erzählt Lasse, ist das einzige Säugetier, das die Farbe seines Felles vollständig ändern kann, um sich der Umgebung anzupassen. Im warmen Halbjahr ist er rotbraun, wie ein gewöhnlicher Fuchs, doch kommt der Winter, hellt er sich auf, wird sein Fell schneeweiß. Das schützt den Polarfuchs, verlängert seine Lebenserwartung, zwingt ihn aber gleichzeitig zur Spaltung, macht seine Erscheinung schizophren: Jedes Jahr muss der Polarfuchs zwei Leben führen, ein sommerrotes und ein winterweißes. Bisher hat sich AURORA nur mit dem Winter in ihrem Werk beschäftigt, sagt Lasse. Nur mit dem Leben im Schnee, der Dunkelheit. Nun folgt das Licht.

✦

Die Mitternachtssonne. Natürlich. Das nordische Naturphänomen, das die ersten hellen Nächte in ein gewaltsames Blutrot taucht, das seine endlosen Feuerzungen über den Himmel streckt, bevor die Flammenkugel im Meer erlischt; das ist es, erfahre ich endlich, das ist, was AURORA einfangen möchte, wofür sie mich brauchen – aber warum ausgerechnet mich? – Der Sturm wirft mich aus den Gedanken, zurück in mein Bett. Schnee und Eis schlagen noch fester, brutaler gegen die Scheiben als gestern, der Metallriegel an meinem Fenster vibriert, zittert, der Wind sucht jede Möglichkeit, jeden Spalt, um mich einzuholen. Es wird kalt, bitterkalt. Was hilft hier schon der Gedanke an Sonne, wenn die Scheiben verdunkelt bleiben und jedes Gefühl aus den Fingern zieht, was hilft die sattgrüne Wandfarbe, wenn kein Hoffnungsschimmer am Himmel erscheint? Ich sitze ausgeliefert auf meinem Bett, und alles was ich tun kann, ist schreiben, alles aufschreiben, und immer weiter schreiben, den Prozess, diese Tage und Ereignisse dokumentieren, sie genau so festhalten, wie ich sie unmittelbar erlebe – und wieder habe ich das Gefühl, etwas übersehen zu haben, etwas Grundlegendes, als hätte ich etwas vergessen, das ich auf keinen Fall – der Schimmer! Ja, das war es, das war das Bild, das ich festhalten wollte, dieser sekundenkurze Silberschimmer, ich blättere zurück im Journal, vor den ausgerissenen Seiten, ich lese mich durch alle gestrigen Einträge, und tatsächlich, da ist sie, die eine Stelle, die ich ohne Stift vergessen hätte, die ich gerade noch auf das Papier retten konnte, bevor der Gin die Gedanken aufweichte und ertränkte – RETTEN! Ja, *das* wollte mir der grüne Lichtzug im Traum sagen, natürlich: Es ist meine Erinnerung, die es zu retten gilt. Sie allein bestimmt, wie die Zukunft aussieht. Ich weiß jetzt, dass Lasse den Schlüssel zum siebten Zimmer in seinem Kittel trägt. Ich muss nur noch einen Weg finden, an ihn heranzukommen. Ich muss erneut kotzen.

✦

Wir essen zu Abend. Henrik serviert heute Fisch, erneut (es ist nicht ganz richtig: wir hatten Walfilet, erfahre ich später, unendlich zart). Ich muss den halben oder ganzen

Tag verschlafen haben, es ist meine erste Mahlzeit heute, und noch jetzt bekomme ich kaum etwas hinunter (die wenigen Bissen bleiben im Magen, Gott sei Dank). Zitternd drücke ich eine Zitronenscheibe ins Wasserglas statt über das Walstück, blinzle und blicke langsam über die Werkbank, auf der sich die Details häufen, Essens- und Malreste liegen untrennbar beieinander, ergeben ein Muster aus Müll, dessen Entstehung ich versäumt habe. Und dahinter, an der Rückwand des Arbeitszimmers, da beginnt das Leuchten – das erste Rot ist bereits aufgetragen, deutet bereits an, was AURORA wirklich darstellen will: das Ende des Tages (aller Tage), den Moment des Sonnenblutens, diesen einen, flüchtigen Eindruck von überwältigendem Licht, das brennt, bevor es schwindet – ihn wollen sie in dem Motiv festhalten. Noch wirkt es grob, dünn, ansatzlos, wie spontan aufgetragen, doch auch das täuscht. Habe ich etwas in der Werkstatt gelernt, dann das: Nichts, was AURORAs Werk betrifft, ist ungeplant.

✦

Immer noch brummt der Schädel, vibriert der Körper, macht mich der Kater fertig. Ich bin ihn nicht mehr gewohnt, den Tag danach, kann nicht mehr kaschieren, wie dreckig es mir geht. Aber vielleicht ist es auch eine Chance: Was ich nicht ändern kann, sage ich mir, das muss ich benutzen. In den Blicken von Per, Lasse, Henrik und Gunnar habe ich gemerkt, wie ich heute aussehe – aber hat nicht Lasse gesagt, ein Spiegel zeigt doch nie *wirklich*, wie man aussieht? Was mich in den Männern spiegelt, das war bisher so offensichtlich, so klar, es ist kein Wunder, dass sie alles wussten, all meine Gedanken sahen – ich habe sie ihnen offen gezeigt. Doch heute, heute muss ich so dreckig, so zerstört aussehen, dass die letzte Nacht von meinem nächsten Vorhaben ablenkt. Nein, ich bemühe mich nicht einmal, gut auszusehen, mich zu waschen oder zu kämmen, unterdrücke kein Gähnen, verstecke keine Falten, Ringe, Farben. Sollen sie mich nur weiter anstarren, sollen sie mir den Kaffee nachschenken, mich bewundern oder bemitleiden, sollen sie alle nur meinen Kater im Blick haben, während ich dahinter an meinem eigenen kleinen Plan feile; ungepflegt, unsichtbar.

✦

Ich erinnere mich an ein spätes Werk von Munch, *Die Straße am Aasgardstrand* (oder so ähnlich), es zeigt ein junges, blondes Mädchen im weißen Kleid, das auf der Straße steht und frontal aus dem Bild schaut. Dahinter lungern ein paar Jungen faul auf dem Boden, liegen auf den Bäuchen, lassen die Beine in der Luft baumeln und starren es an. In der Überlegenheit der Gruppe üben sie Druck aus, beunruhigen, bedrängen das Mädchen mit ihren stechenden Blicken; doch sie wirkt nicht ängstlich, diese junge Unbekannte, nur traurig gefasst, als würde sie bereits wissen, dass sie ein Leben lang gefangen ist in dieser Situation, diesem einen Motiv. Deshalb blickt sie so herausfordernd nach vorne, sucht sie den Betrachter – sie zwingt mir ihr

Gefühl auf, damit ich mich dagegen wehre. Ein Leben lang.

✦

(M: Was ich nicht ändern kann, muss ich benutzen.)

✦

Meine Wahl fällt auf Gunnar. Nachdem ich genug Kaffee getankt habe, um wieder klar zu sehen, halte ich ihn auf dem Gang an, halte seinen rechten Oberarm, der den Kittel spannt, und bitte ihn um einen Gefallen. Ob er Lasse ausrichten könne, dass ich heute Nacht noch ein Gespräch – ein privates Gespräch – mit ihm führen möchte, in meinem Zimmer. Warum ich das Lasse nicht selbst ausrichte, fragt er. Weil ich befürchte, Lasse sei bereits zu müde, er könnte mir absagen, erkläre ich, aber jemand wie Gunnar könne ihn bestimmt überreden, könne ihm klarmachen, wie wichtig dieses Gespräch für mich sei, schließlich ist offensichtlich, dass hier alle auf Gunnar hören. Gunnar nickt.

✦

Eine heiße Dusche später klopft es an meiner Tür. Es ist offen, rufe ich, warte ab, doch niemand tritt ein. Ich wende den Kopf zur Tür, erkenne im Spalt über dem Boden ein weißes Stück Papier. Ich hebe es auf, entfalte es, lese Lasses

Antwort. Er freue sich auf ein privates Gespräch, schreibt er, allerdings nicht bei mir. Er möchte mich im roten Zimmer treffen. Darauf hatte ich gehofft.

✦

Lasse zu verführen, ist komplizierter als erwartet. Ich dachte, das Botenspiel mit Gunnar und ein bisschen roter Lippenstift würden ausreichen, um das Spiel zu etablieren, doch Lasse wirkt seltsam gehemmt, zurückhaltend, als hätte er sich *wirklich* ein Gespräch erhofft. Wir sitzen im Arbeitszimmer und ich fühle mich langsam wieder lebendig, beginne mit ein paar banalen Fragen, die in Bewunderung münden (sie ist ungespielt, Lasses Stimme packte mich von Anfang an); er bleibt zaghaft, geht auf kein Zeichen ein. Schließlich verwerfe ich die Andeutung und knüpfe meinen Kittel auf. Die zweite Bedingung, sagt Lasse, als der Stoff von meinen Schultern gleitet. Ich lehne mich ganz nah an sein Ohr und flüstere ihm zu, was er hören soll, während ich seinen obersten Knopf öffne, doch etwas scheint falsch, als ich ihn anfasse; all die Routine, die Klarheit, die imponierende Ruhe, die Lasse bisher ausgestrahlt hat, sie scheint mit jeder meiner Berührungen wie verpufft, ersetzt durch plumpe Umständlichkeit, und all das Bücherwissen, all die Geschichten, sie wirken plötzlich nur noch wie eine blendende Verpackung für einen lädierten Inhalt. Aber ich kann, nein, ich will mir den Moment nicht entgehen lassen, ich versuche nachzuhelfen, einen Hinweis zu erhalten, ihn zu entspannen, irgendwie, doch Lasse ist weiter wie ausgetauscht, hilflos und stumm, als hätte er in einer Sekunde seine Stimme verloren, seine wundervolle Stimme, und mit ihr jede Kraft. Er will, doch er kann nicht. – Und wieder passiert es, in einer Sekunde, wieder führt mich ein unsichtbarer Faden, ein plötzlicher Impuls von außen, führt meine linke Hand zum Arbeitstisch und weiß, was sie sucht; *was es braucht.* Meine Hand fasst nach einem der Pinsel, die Per gebunden hat, ein langer, glatter Borstenpinsel – mein Borstenpinsel –, und ich drehe ihn, intuitiv, befeuchte den langen, glatten Stiel, bewege ihn zärtlich an Lasses Rücken hinab und stecke ihm die Spitze hinten rein … Und plötzlich reagiert er, scheint wieder wie ausgewechselt, als hätte ich mit einem Griff die Maschine repariert, strömt die Energie in Lasse zurück und steckt mich an, reißt mich mit, drückt mich auf den Tisch, gegen die Wand, hebt mich an, schwitzt, keucht, bebt, während draußen der Sturm peitscht. – Nachdem er auf meinem Bauch gekommen ist, liegt er völlig ermattet am Boden und schließt für einen Moment die Augen. Ein Moment, kurz oder lang genug, um unmerklich in die Brusttasche seines Kittels zu fassen und eine kleine, silberne Kette lautlos herauszuziehen.

✦

Ich warte noch, wieder warte ich, zurück in meinen Kleidern, in meinem Zimmer, nachdem ich Lasse an der Tür zum Gelb eine gute Nacht gewünscht und mich bedankt habe (er war, wie erhofft, viel zu entspannt, um das fehlende Gramm in seiner Kitteltasche zu bemerken), ich trinke die letzte Kaffeekanne leer, massiere meine Schläfen, die Augenhöhlen, Wangenknochen, und lasse die Zeit verstreichen, bis in der Werkstatt nichts mehr zu hören ist, und nur noch das Draußen, der Klang der Kälte, die perfekte Stille im Inneren zerstört. Ich warte, vielleicht zögere ich auch, zögere es hinaus, weil ich wieder anfange zu denken. Zögere, obwohl ich weiß, dass ich nicht mehr zurückkann. Ich atme tief durch den Mund und zähle im Kopf bis sechzig. Dann fasse ich Journal, Kugelschreiber, Schlüsselkette und trete in Socken hinaus auf den Gang, vor das verschlossene Zimmer.

✦

Der Schlüssel passt. Die silberne Kette baumelt in der kühlen Gangluft, während ich die Messingklinke niederdrücke und die Tür zum siebten Zimmer langsam nach innen öffne. Ich trete ein, schließe die Tür hinter mir. Dann drücke ich den Lichtschalter, drehe mich erwartungsvoll in den Raum und sehe – nichts. Das Zimmer ist leer. Die Wände arktisweiß und unbehängt, das einzige Fenster an der Rückseite wirft im Licht der Deckenleuchte einen Kreuzschatten auf den grauen, filzigen, erstaunlich geschmacklosen Teppichläufer, der an den Enden ausfranst. Das ist alles; keine Möbel, keine Werkzeuge, keine Kunst, keine Antworten. AURORA hat tatsächlich die Wahrheit gesagt: Es ist nur ein leerer, weißer, unbehandelter Raum, ein Zimmer zu viel, nichts weiter. Ich schüttle den Kopf, frustriert oder erleichtert, ich weiß nicht, was überwiegt – habe ich mich in eine Vorstellung verbissen, in etwas hineingesteigert, das nicht existiert? – Von der Entdeckung enttäuscht, trete ich von den kalten Dielen auf den Teppich, um die Füße zu wärmen – da sticht mir ein Schmerz in die rechte Sohle. Durch den Socken hindurch spüre ich sie, direkt an der wunden Stelle; eine winzige Erhebung unter dem Teppich. Ich trete zurück auf die Dielen, knie auf den Boden und werfe ein Teppichende zurück – darunter kommt ein schwerer Metallring zum Vorschein. Ein Ring, auf den mein Fuß gestoßen ist. Ein Ring, der eine Bodenluke öffnet.

✦

Ich brauche mehr Licht. Das ist der erste Gedanke in der Tiefe, nachdem ich durch die Tür im Boden hinabgestiegen bin, hinunter in einen verborgenen, im Dunkel unendlichen Raum, einen Keller, einen Bunker, so schwer und finster wie der nordische November über mir. Ich hätte aus der Küche eine Kerze holen sollen, habe sie vergessen (vielleicht wollte ich sie auch vergessen, nach der Nacht mit Henrik). Ich taste die Wände um mich herum ab, suche nach einem Schalter, irgendeiner Quelle, kann und will jetzt nicht mehr zurück. Ich fasse mir an die Brust und unterdrücke ein Husten. Die Luft hier unten ist trocken, dünn, es lässt sich kaum atmen. Aus den Mauern dringt ein Geruch, der die Sinne verwirrt – ein Hauch von Terpentin, und doch die Ahnung von Schimmel, Fäulnis im

Kalk. Ich mache blind einen Schritt in den Raum, strecke die Arme aus und schlage mit dem Knie gegen eine Kante. Ich fluche und taste. Spüre einen Schreibtisch. Akten, einen Stuhl. Ich taste die weiteren Wände ab, bewege mich langsam an den dunklen Mauern entlang, doch nichts, nirgendwo ein Schalter, ein Licht. Plötzlich halte ich inne. Schnuppere. In den Gestank von Säure und Schimmel dringt ein zarter Ölgeruch. Meine Fingerspitzen gleiten am kalten Stein hinab, vorsichtig ertaste ich Konturen: In der Finsternis vor mir lehnt eine Leinwand gegen die Mauer. Ich trete unbewusst einen Schritt zurück, da spüre ich etwas in meinem Haar – ich glaube an ein Netz, schlage reflexartig mit den Händen danach, doch statt Spinnweben spüre ich eine dünne Schnur über mir. Ich fasse nach ihrem Ende. Ziehe daran. Ein leises Klicken ertönt, und es wird Licht. Ich huste und starre auf die Leinwand vor mir, in das Motiv; dann auf den Schreibtisch. Und erst jetzt erkenne ich seine Dimensionen, sehe die Technik darüber: Mehrere Monitore sind hier aufgebaut, umringt von Schaltknöpfen und Lautsprechern, die zusammen eine unheimlich aufwendige Anlage ergeben, es sieht aus wie ein modernes Tonstudio, ein Schneideraum – oder eine Sicherheitszentrale. Hier also fließen die Auktionssummen hinein. Von wegen Bescheidenheit. Doch wozu die vielen Monitore? Kann es sein, dass mich AURORA beobachten ließ? Wussten sie deshalb alles über meine Nächte? Aber warum – und wo wären die Kameras versteckt? – Ich huste, huste erneut, fasse mir an den Hals, kann kaum noch atmen in den Kellerwänden. Plötzlich glaube ich etwas vor den Monitoren zu erkennen. Auf der Ablage des Tisches, zwischen einigen losen Skizzenblättern, leuchtet ein Stück Farbe. Ich ziehe es heraus; es gehört zu einem Einband; ich halte eine schmale, in rotes Wildleder gebundene Mappe in den Händen. Ich öffne sie, blättere langsam durch die Seiten. Hebe den Kopf und betrachte noch einmal die Leinwand. Keuche, huste. Ringe nach Luft. Dann trete ich einen Schritt in die Raummitte, schlage die letzte Seite der Mappe auf, und halte sie ganz nah an das Licht. Und was ich dann entdecke, raubt mir endgültig den Atem.

## 10. November

Ich muss hier raus: jetzt. Ich kann nicht auf morgen warten, kann nicht warten, bis das Kunstwerk fertig, bis es *absolut* ist, ich muss jetzt weg von hier, weg aus dieser Werkstatt, falls man sie noch so nennen kann. Bisher, da hat sich diese Woche wie ein Spiel angefühlt (ein reizvolles, zugegeben, noch in den dunkelsten Stunden), war eine prickelnde Grenzerfahrung, ein rauschhafter Kunsttrip – doch nach der Entdeckung des Kellers kann ich das Spiel nicht mehr mitspielen; ich muss raus. Egal wie, einfach raus. Zurück zur Anlegerstation; egal, ob Frost, Sturm, Wind oder Bär, was auch immer draußen auf mich wartet, es kann mich nicht mehr hemmen. Nichts kann mich hemmen, nichts mehr zurückhalten – ich muss und ich werde hier rausgehen, werde diese Woche abbrechen. Ich habe ihnen meinen Schweiß, meinen Dreck, mein Blut gegeben, habe mich vollkommen eingelassen, aber erst jetzt weiß ich, worauf; jetzt ergibt alles einen Sinn. Der Gang in den Keller, er hat mir die Antworten gezeigt, und er hat mich bestätigt, in meinem allerersten Gedanken, denn ich lag doch richtig: AURORA ist zu sechst. Oder zumindest war das Kollektiv einmal zu sechst. Auf der Schreibtischablage im Keller liegt das in Wildleder gebundene Originalmanifest von 2012, und es wurde auf der letzten Seite nicht von vier, sondern von sechs Künstlern unterzeichnet (in der Kopie, die ich am ersten Abend erhielt, zählte ich nur vier Unterschriften – jemand muss die fehlenden Mitglieder retuschiert haben). Die rätselhaften Ziffern im Gewehrschrank standen niemals für ein Datum oder irgendwelche Munitionsangaben: 4/6 bedeutet, 4 von 6 Künstlern sind noch verblieben. Lasse hatte damit nicht gelogen, als er sagte, *von ihnen vier* könne niemand Alken malen – die Vogelschnitzerei im Schrank muss von einem fünften Mitglied stammen. Die Leinwand, die ich im Keller entdeckte, unterstreicht meine Theorie: Sie zeigt das unvollendete Motiv einer Gruppe von blutverschmierten, pinguinähnlichen Vögeln auf einem Felsvorsprung, und auch ohne jemals ein Foto gesehen zu haben, weiß ich, bin mir sicher, dass es sich hierbei um eine Alkenfamilie handelt; um eine in künstlerischer Perfektion dargestellte Alkenfamilie. Ihre in Blut getränkten Federkleider wirken so lebensnah, so verletzlich, verklebt im Schimmer, und nur ein absolutes Ausnahmetalent, ein solitärer Spezialist, ein Meister wie Frans Snyders konnte solche Oberflächen wiedergeben. Wenn jeder im Kollektiv seine Stärke einbringt (wie Per bestätigte), dann musste einer von ihnen der Vogelexperte gewesen sein, eines der beiden Phantome, die das *halbe Dutzend* voll machten – Lasses Wortwahl war also doch kein Zufall. Bleibt nur noch die Frage, was aus Nummer 5 und 6 im Kollektiv geworden ist, und weshalb das Bild im Keller unvollendet blieb (ich kenne AURORAs Kataloge auswendig, es taucht nirgendwo auf) – doch das kann, das will ich nicht mehr wissen, der bedrückende Verdacht genügt, um von hier zu verschwinden, mit meinen gesammelten Aufzeichnungen und dem gebundenen Manifest (ich zähle noch einmal nach: zwei Unterschriften mehr als am ersten Abend, zweifellos), es genügt, um zu verschwinden und den Fall öffentlich zu machen, meine Woche mit der Welt zu teilen und nachzuhaken, weiter zu suchen, wenn ich erst zurück in Wien bin, in meinen staubigen und hohen Altbauwänden, auf die ich mich zum ersten Mal freue, ehrlich freue, und zum ersten Mal das Gefühl habe, sie ganz alleine auszufüllen. – Keine Ahnung wie spät, doch es ist Zeit. Ich versperre die Türen der Künstlerzimmer mit zwei roten Holzstühlen, ziehe mir so viele Schichten wie möglich über und schultere meinen Rucksack mit den wichtigsten Dingen. Dann gehe ich in die Küche und hole das Gewehr.

✦

Einfälle. So ein paradox klingendes Unwort. Nach der Rückkehr aus London habe ich die *Maria Magdalena* einmal im Burgtheater gesehen (erinnere mich nur, das Ende nicht verstanden zu haben), ansonsten kenne ich nichts von Hebbel, und doch geht mir Lasses Zitat in seiner Beiläufigkeit nicht aus dem Kopf. Immer, immer hat man irgendwelche Einfälle, aber wie oft führt sich schon einmal eine Idee zu Ende, *wirklich* zu Ende – ich hätte den fünften Punkt im Manifest noch einmal lesen sollen, bevor ich die Schranktür aufreiße und nach dem Gewehr fasse: »Jedes Kunstwerk ist die zu Ende gedachte Ausführung einer Idee.« Mein Kopf ist keine Kunst; mein Kopf hat nichts zu Ende gedacht; mein Kopf überprüft keinen Gewehrlauf. –

Wie ist das passiert, wie bin ich wieder in das Arbeitszimmer geraten? Ich trete auf den Gang, stelle den Stuhl beiseite und klopfe, erst zögerlich, dann bestimmt gegen die Tür des fliederfarbenen Zimmers; sie öffnet nach außen, ich warte im Winkel, das Kleinkaliber im Anschlag. Gunnar und Per stehen im Kittel vor mir, ihre Bärte glänzen weich und gepflegt. Sie wirken kein bisschen überrascht. Die Tür, sage ich. Sie sollen mir die Eingangstür aufmachen, sofort. Die Männer tauschen einen kurzen Blick. Die dritte Bedingung, beginnt Gunnar. Ich umfasse das Gewehr fester, wiederhole meinen Satz. Per kratzt sich unter der Mütze und tritt auf mich zu, drängt mich zur Wand. Stop! schreie ich (nein, ich schreie »Halt!«, verfalle wieder in die Muttersprache), ich ziele auf seine Brust, schwitze dabei, unter all den Schichten, der Schweiß rinnt in meine Unterwäsche, ich kneife ein Auge zusammen und sehe nicht weiter als bis zum Kittel vor mir. Ich ziele darauf, ich meine es ernst, sage ich, betone es, Per geht weiter auf mich zu. Ich drücke ab. – Per bleibt stehen. Einen Moment scheint die Zeit wie gefroren; regungslos steht Per vor mir und starrt aus zwei kalten Augen; dann taut sein Gesicht wieder auf, und er grinst, dieses schelmische, zufriedene Grinsen. Er reißt mir die Waffe aus den Händen, schlägt mir den Kolben gegen die Schläfe, und alles wird schwarz.

✦

Ich solle das ruhig alles aufschreiben, sagt Lasses Stimme von irgendwo, von weit, weit weg, ich solle nur immer weiterschreiben, solle alles dokumentieren und festhalten, nichts auslassen. Denn dafür sei ich immerhin hier.

✦

Ich sitze auf einem breiten, karmesinroten Holzstuhl an der Werkbank. Meine Fußgelenke sind mit Stricken eng an die Stuhlbeine gefesselt. Mein nacktes rechtes Handgelenk, mein nackter rechter Unterarm wurden mit Stricken an die rechte Stuhllehne fixiert; mein linker Arm ist frei. Das Journal liegt aufgeschlagen vor mir, der Kugelschreiber in meiner Hand. Die Sicht: frei. Vor mir ragt die Leinwand auf, wie eine Naturerscheinung; doch es ist kein neuer Tag, den sie zeigt, sie scheint nicht sichtlich anders als gestern: ein lebloser, schwarzer Gesteinslaib, der aus dem aschfarbenen Meeresteppich ragt, und darüber der rote Himmel, die ausblutende Sonnenstunde … aber unfertig, grob, das alles, die Ölfarbe schwach gesättigt, für AURORA untypisch, unverständlich sparsam aufgetragen – sparsam, als mangelte es ihnen an Farbe. – Neben mir knallt etwas auf das Holz, mein Körper schreckt hoch, der Stift rutscht ab. Per hat eine offene Schachtel auf den Tisch geworfen, die einzelnen Gewehrpatronen fallen heraus, verstreuen sich über die Werkbank, rollen gegen das Journal. Das nächste Mal, sagt er, brauche ich doch nur zu fragen. – Ich hebe den Kopf; jetzt sehe ich auch Lasse und Henrik, sie treten neben Per, verschränken die Arme vor der Brust und betrachten mich, als wären sie auf Visite bei einer Patientin. Eben noch denke ich an den fehlenden Riesen, da spüre ich zwei schwere Pranken auf meinen Schultern; gigantisch kräftige Arbeiterhände, die ohne jede Anstrengung ein Genick brechen könnten, sie umfassen meinen Nacken, und ich hoffe in diesem Moment nur noch, dass es schnell geht, dass es wie ein morscher Zweig bricht, dass ich es einfach hinter mir habe, dass es vorbei ist, dass dieser dunkle Traum endlich vorbei ist. Aber ich breche nicht. Ich sitze weiter aufrecht, auf dem Stuhl, die Riesenhände lockern ihren Griff und Gunnar beginnt, mir die Schultern zu massieren. Mit einer unendlichen, absurden Zärtlichkeit üben seine fleischigen Fingerkuppen Druck auf mich aus, während Henrik im Hintergrund die Stille durchbricht. Sie soll es erfahren, sagt er. Ich finde, sie hat es sich verdient. – Ich kann es nicht klar sehen (die Augen fallen mir regelmäßig zu), aber ich weiß, dass Lasse nickt; denn kurz darauf erfahre ich die Geschichte. Ich erfahre, wie es wirklich mit AURORA begann.

✦

Am 5. November 1892 eröffnete ein 28-jähriger, weitgehend unbekannter Maler aus Norwegen seine erste Einzelausstellung in Berlin; sein Name war Edvard Munch, und seine Schau geriet zum Skandal: die schonungslosen Bildinhalte und ihr radikaler Ausdruck sorgten für landesweite Empörung, nach nur einer Woche wurde die Ausstellung vorzeitig beendet. In Erinnerung an dieses Ereignis unterzeichnete AURORA ihr künstlerisches Manifest exakt 120 Jahre später, am 5. November 2012, in ihrem Atelier in Oslo. Zu den sechs jungen, norwegischen Künstlern, die das POLARMANIFEST unterzeichneten, gehörten Lasse, Per, Gunnar, Henrik, Aaron und Elsa. Sie alle unterschrieben ganz bewusst nur mit den Vornamen, trennten sich mit der Signatur von ihrer gesamten Vorgeschichte, ihren Stammbäumen und Familiennamen, verpflichteten sich damit voll und ganz der Vision eines kollektiven, anonymen Werkes; von dem Tag an nannten sie sich AURORA. Auszüge aus ihrem Manifest wurden vervielfacht und in Kunstkreisen verteilt, ihre Forderungen sorgten für Debatten und Kontroversen, noch bevor sie ein einziges Bild ausstellten. Im folgenden Jahr, 2013, zog sich das Kollektiv in die Isolation zurück, löste das Atelier in Oslo auf und reiste nach Spitzbergen, um dort ein abgelegenes, billiges Haus zu beziehen, das die Künstler zur Werkstatt und Zweckgemeinschaft erklärten. Zwei Jahre lang werkten sie in absoluter Stille, 2015 folgte ihre erste Ausstellung in Trondheim, wieder ein 5. November, dann begannen Mundpropaganda, die medialen Mythen, endlose Gerüchte, Spekulationen über die Gesichter hinter den Leinwänden, dann die ersten internationalen Ausstellungen, London, Prag, Paris, der schnelle Erfolg an den Auktionshäusern. Und dann kamen *sie* dazwischen. – Sie, frage ich. Wer sind *sie*? Lasse unterbricht die Erzählung, er holt einen kleinen Holzkamm aus seinem Kittel und bürstet sich den Bart über das Kinn. Gunnar massiert jetzt fester. Das Werk, sagt Lasse, steht immer an erster Stelle. Daran hatten sich alle im Kollektiv gehalten. Sie alle hatten ihre Stärken eingebracht, hatten sich dem Gedanken des größeren Ganzen untergeordnet, um ein arktisches *Lebensfries* zu erschaffen, ein Konzeptwerk, das im Geiste Munchs die großen Themen auf der Leinwand festhalten sollte: *Liebe, Tod und Einsamkeit*. – Aaron und Elsa waren die Meister der Tieranatomie. Sie belebten jede Landschaft, jedes Bild, sie ergänzten einander auf kongeniale Weise. Sie waren für uns das, was Snyders für Rubens war, wirft Per ein (jetzt verstehe ich seine Reaktion, den lakonischen Kommentar auf mein Beispiel mit dem *Prometheus* – es war nicht Anerkennung, es war Bitterkeit). Aaron konnte Fell, Elsa konnte Federn. Es war ihre Idee, einen Alken als Symboltier zu verwenden – Lasse legt den Kamm zurück, er fasst nach der Mappe auf dem Tisch und nimmt das Manifest aus seiner roten Hülle; darunter erscheint das scharfkantige, grobe Motiv eines stehenden Vogels; das gleiche Motiv, das in den Gewehrschrank geritzt wurde. Es stammt also von ihr, sage ich, euer Symbol stammt von Elsa. Lasse nickt. Aber dann, nun ja, dann passierte es (Lasses Stimme senkt sich, verliert ihre Kraft, wie im Wissen um eine Niederlage), dann kamen *sie*. Die Gefühle. – Aaron verliebte sich, und Elsa erwiderte. Sie besetzten das grüne Zimmer (es war ihr Zimmer, natürlich, war nie als Gästezimmer gedacht), sie wurden verträumt, fahrlässig, weich. Hatten plötzlich nur noch Augen füreinander, statt für Proportionen, begannen, die Arbeit am Werk zu verzögern, zu hinterfragen, und, schließlich, das Werk selbst hinter die Gefühle zu stellen … an der Stelle bricht Lasse die Erzählung ab. Gunnars Hände entspannen sich, lassen mich los, als wäre die Einheit damit beendet, das Kapitel abgeschlossen. Doch nichts ist beendet, nichts ist abgeschlossen, die gesamte Geschichte bleibt verstörend, unfertig, wie das Bild im Keller, ein blutiges Federtier mit Fragezeichen, und eigentlich möchte ich nicht, doch ich muss, ich muss es einfach fragen, weil ich es irgendwo spüre, in diesem Moment, spüre, es ihnen schuldig zu sein, ihr Schicksal zu erfahren, um es niederzuschreiben, festzuhalten, weil ich in ihrem Zimmer geschlafen, in ihrem Bett gestöhnt habe … Was ist aus ihnen geworden, frage ich leise. Was ist passiert mit Elsa und Aaron. Henrik zuckt mit den Schultern: An erster Stelle steht das Werk. Ich schüttle den Kopf, schwach, kalt, will es nicht glauben, weil es nicht sein darf. Per zieht die Mütze vom Kopf, zum ersten Mal in dieser Woche nimmt er die gelbe Wollmütze ab, eine Glatze kommt darunter zum Vorschein, er kratzt sich am glatten Hinterkopf. Sie waren nicht mehr bei der Sache, sagt er ruhig. Sie waren entbehrlich. – Sie waren glücklich, verdammt! – Ich schreie, so laut ich kann, bekomme den Satz gerade noch heraus, ehe mir die Stimme versagt. Einen Moment herrscht Stille in der Werkstatt. Dann legt Lasse das Manifest zurück in seinen roten Einband und streicht mit den Fingerkuppen über das raue Wildleder. Es gibt bedeutendere Dinge als Glück, sagt er. Die letzte Lektion ist damit abgeschlossen.

✦

Meine Handschrift wird schwächer, zittriger, mit jeder Zeile. Wenn ich *Kunst* schreibe, sieht es aus wie *Knast*. Die Unterschiede heben sich auf.

✦

F: Was aber wäre bedeutender? – Gunnar stellt mir eine dampfende Tasse auf den Tisch (sachte, wie alles), ich versuche, sie aus Stolz zu ignorieren, sie nicht mehr anzurühren, obwohl mir das Aroma in die Nase steigt, das schwarze Aroma, das ich mir hier angeeignet habe, es seit Tagen inhaliere. AURORA, sagt Lasse nach einer langen Pause, das ist eine Verpflichtung; wir haben uns der Kunst verpflichtet, nicht der Diplomatie. Und Kunst kennt keinen Kompromiss. Das allein macht sie bedeutender als jedes Glück. Denn Glück ist relativ, das Werk dagegen absolut. Und jetzt trink bitte deinen Kaffee.

✦

Sie stellen mir volle Gläser auf den Tisch, Wasser, Saft, weißen Tee, ich bleibe stark, rühre nichts davon an, verweigere mich, seit ich weiß, wer sie sind, und was sie getan haben. Henrik betritt das Zimmer mit einer kristallinen Karaffe, sie ist bis zum Hals gefüllt mit einer mattgrünen Substanz, er muss sie mit beiden Händen tragen. Ich frage angewidert, was das ist, er sagt: gesund. Doch er sagt es wieder mit diesem Nachdruck, dieser akuten Härte, die jedes Vergnügen zur Pflicht, jede Bitte zum Befehl macht, als müsse er die fehlende Größe mit Strenge kompensieren. Ich lehne ab. Henrik seufzt. Dann nickt er, wie als Zeichen, und wieder packen mich die Hände, diesmal sind es drei, vier, fünf, sie fixieren mich, pressen mich in den roten Stuhl, halten mich am Haar zurück; jemand stößt mir einen schmalen Plastiktrichter in den Mund, Henrik stemmt die Karaffe und schüttet mir den grünen Inhalt in die Kehle. Ich schlucke, stöhne, ringe nach Luft. Sie schütten Wasser nach, kalten Tee, dann ziehen sie den Trichter aus mir heraus. Ich kotze flüssig; hellgrüne Farbe spritzt auf Holz, Glas und Journal, impulsiv wie ein Pollock. Lasse wischt ihn mir vom Einband, betrachtet die farblosen Flecken. Entscheidend ist die Konsistenz, sagt er, wir werden wohl noch etwas mehr brauchen. Er hält meinen rechten Arm. Wenn das nicht zu viel verlangt ist.

✦

F: Der Unterschied zwischen Leben und Kunst? A: Kunst wird stärker in der Radikalität.

✦

Nachdem die Nadel erneut in mich fährt, denke ich, dass es vielleicht stimmt; vielleicht muss jeder Künstler eine sadistische Ader besitzen. Aufbauen und zerstören, mein alter Zeichenlehrer hat es auf den Punkt gebracht: Um das eine aufzubauen, muss das andere abgetragen werden. Und es verlangt nach einer kindlichen Passion, einem puren Genuss an der kunstvollen Zerstörung, der vollkommenen Hingabe zur Quälerei, die weder vor anderen noch vor sich selbst haltmacht, um *die* Kunst zu schaffen, die keine Kompromisse kennt. Jetzt, heute, hier, wo ich ihre Namen kenne (Aaron; Elsa; ich vergesse euch nicht), jetzt, wo ich die Nadel gespürt habe, da verstehe ich endlich, was der sechste Punkt im Manifest zu bedeuten hat: Das Individuum muss sich im Werk opfern.

✦

Doch warum ich? Wieder schwirrt mir die Frage durch den Kopf, doch bevor ich sie stelle, kommt mir Lasse zuvor: Ob ich nicht neugierig sei, fragt er, über eine Skizze gebeugt, während Per die Farbe mischt und Gunnar und Henrik an der Leinwand werken. Ob ich nicht wissen wolle, warum die Wahl auf mich fiel und wie sie mich fanden. Oder ob ich die Antwort darauf nicht schon längst kenne. Weil ich ein kluges Mädchen sei. Ich bin kein Mädchen, sage ich trotzig. Ich bin freie Journalistin. Ein großes Mädchen also, sagt Per, ohne den Kopf zu heben. Lasse sieht mich an. *Die Vermessung des Todes*, sagt er. Vor sechs Jahren habe ich einen Artikel in einer britischen Kunstzeitschrift veröffentlicht. Ich veröffentliche laufend Artikel, sage ich, das ist mein Job. – Ich sollte mich an den Artikel erinnern, sagt Lasse, er hätte ihre Arbeit nachhaltig geprägt, hätte ihr gesamtes Werk beeinflusst. (Ich versuche, mich zu erinnern, ich suche nach den eigenen Worten, doch es gelingt nicht, es will mir nicht klar werden, zu diffus, zu vernebelt sind meine Erinnerungen an die Londoner Jahre.) Ganz besonders gefiel ihnen eine bestimmte Stelle, sagt Lasse, eine These darin; meine provokante These, dass zeitgenössische Malerei nicht mehr in der Lage sei, ein ernstes Thema glaubwürdig und ohne ironische Distanz darzustellen. Die aktuelle Generation an jungen Künstlerinnen und Künstlern nähme sich selbst wichtiger als ihre Inhalte, und deshalb halten ihre Motive auch nichts mehr fest (außer das Ego). Den großen Meistern allerdings, ihnen sei es gelungen, *ernsthaft* gelungen, etwas im Werk festzuhalten, etwas, das größer ist als ein einzelnes Leben, das darüber hinausgeht: den Moment des Todes. Meister wie Goya. Meister wie Edvard Munch. Er hätte verstanden, worum es in der Kunst *wirklich* geht. Und das hätte ich auch.

✦

Das Draußen verschwindet, zunehmend. Hier im karmesinroten Arbeitszimmer, gebunden an den Stuhl, sehe ich die bleigrauschwarze Nachtdecke nicht, höre keinen Sturm, kein Peitschen, kein Klima mehr; meine Eindrücke nehmen ab, alles nimmt ab – außer die Erinnerung.

✦

Von seinem weltberühmten, in endloser Angst erstarrten *Schrei* hat Munch über fünfzig Versionen kreiert, festgehalten in Öl, Tempera und Lithografie. Wer eine solche Obsession zu einem einzigen Motiv (besser: zu einem Gefühl) entwickelt, der muss ein unerbittliches Gedächtnis haben; eines, von dessen Bildern du dich nicht befreien kannst, egal wie oft und wie lange du sie verarbeitest. – Ich erinnere mich plötzlich wieder an den Text, ja, an meine erste, meine einzige Titelseite, ich erinnere mich wieder an den genauen Titel, unter dem er vor sechs Jahren im ART TO BEAR erschien: *Framing Death: Edvard Munch and the Lost Art of Dying*. Auch erinnere ich mich an einen Satz daraus, einen zentralen Satz über Munchs Werk:

> Er hat es geschafft, in seinen melancholischen Bildern den Moment des *geglaubten* (sprich: gefühlten) Todes festzuhalten, er hat die absolute Angst inszeniert, die sich allein im Ende zeigt – bevor das Leben für immer verschwindet.

✦

Sollte ich verschwinden, wer würde mich suchen? Ich war im Gegensatz zu [Stelle unkenntlich] und das heißt auch immer: allein. In Wahrheit wartet draußen nichts auf mich. Außerhalb dieser Wände herrscht keine Gegenwart. S., London, Wien, das alles ist Vergangenheit; jetzt existiert nur noch der Stuhl, auf dem ich friere, die Werkstatt, von der ich Teil bin. Mein Magen zieht sich zusammen, das letzte animalische Brummen kommt direkt aus mir, kalter Schweiß wäscht meine Handflächen, mit jedem Moment fühle ich mich schwächer – und weniger allein.

✦

Sie geben mir noch einmal den Trichter, nehmen mir noch einmal etwas ab. Beim nächsten gemeinsamen Essen (ich weiß nicht, ist es schon Abendessen, ist es noch zu früh dafür), da stellt mir Henrik einen Teller hin, ich starre, aber rühre ihn nicht an. Henrik zieht den Teller zurück und schmettert ihn gegen die Wand. Sie hat vollkommen recht, sagt er, obwohl ich den Mund nicht öffne, es ist die Farbe, nicht wahr? Niemand frisst, was er nicht ansehen kann, und er ist immer noch zu schwach, dieser beschissene Farbton! Er blickt in Pers Richtung. Ein schwaches Grinsen. Per legt seine Mütze ab und steht auf. Er geht langsam um die Werkbank herum, stellt sich neben Henrik, lehnt über die Tischplatte und spuckt in seinen Teller. Manchmal fehlt es nur an einem Detail, sagt Per, dreht sich um und verlässt den Raum. – Henrik springt vom Stuhl hoch, will sofort hinterher, doch Lasse ruft ihn zurück. Auch Gunnar greift ein, versucht, Henrik zu beruhigen, erreicht das Gegenteil; wieder verfallen die Künstler in ihr abgehacktes Norwegisch, fallen zurück in die simpelste, banalste Ausdrucksweise (wie man es immer tut, wenn man erregt ist), und während sich ihre Schreie abwechseln, stimme ich diesem kleinen, aber stolzen Hitzkopf in Gedanken zu. – Th: Eine hässliche Mahlzeit schmeckt schlechter als das gleiche Essen, das eine Farbe besitzt, die ich als schön empfinde. Ob wir wollen oder nicht, der Kopf arbeitet nach ästhetischen Regeln – und Henriks bleiche Haferkreationen kann ich einfach nicht mehr sehen. Meine Farbe ist Rot.

✦

Wir werden sie nach dir benennen, sagt Lasse später, irgendwann, als wieder Ruhe einkehrt. Es ist deine Farbe, dein Farbton, deine Mischung; es ist ein Rot, wie es die Welt noch nicht gesehen hat, weil es zuvor nicht existierte – nicht in der Farbskala, nicht auf den Leinen. Es ist die vielleicht schönste Herausforderung, der sich ein Künstler stellen kann: einen neuen Farbton zu kreieren. Nun ist es fast so weit, Lasse spricht leise, doch ohne einen Zweifel, nun haben wir es fast erreicht, dank dir – das perfekte Verhältnis. Er nimmt einen der Pinsel in die Hand, umfährt den glatten Stiel mit der Daumenkuppe, als würde er etwas in das Holz gravieren, sieht mich dabei konzentriert an. Du wirst es sehen, sagt er, und dann begreifen. Morgen ist der Auftrag fertig.

✦

Ist es möglich, kann es wirklich sein, dass ich noch keine Woche hier bin? Ohne Display, ohne Zahlen und Zeiger zerrinnt das antrainierte Zeitgefühl wie in Dalís kleinem Gemälde mit den schmelzenden Uhren. Doch es liegt keine Beschleunigung im Zerrinnen, im Gegenteil: Die Schmelze der Zeit dehnt sich wie heißer Wachs in den Raum und lässt eine Woche wie ein Leben erscheinen. Und vielleicht *ist* es das auch; vielleicht waren 28 Jahre nur eine Probezeit, die beständige Erinnerung an eine andere, eine, die sich immer an Handyterminen festhielt, aber selbst nie festgehalten wurde. Weil nicht die Zeit dafür war. Weil sie diese Zeit gar nicht kannte, sie nicht in Anspruch nahm, lieber noch ein Glas nahm, um die Nähe der Zeit nicht wahrnehmen zu müssen. Um die Termine einzuhalten, die sie nüchtern verrückt machten. (M: Termine sind nicht die Zeit.) Erst hier, in der Werkstatt, hier spüre ich sie, hier spüre ich die nicht anhaltende Langsamkeit, mit der sie zerrinnt; meine Zeit.

✦

Mich friert es. Ich muss furchtbar aussehen, denke ich plötzlich, weiß nicht, warum. Es ist das erste Mal in diesen Tagen, dass ich denke: so muss ich aussehen. Das gekürzte Haar, es störte nicht, die Haut, sie juckte nicht; bisher. Mir fällt auf, ich habe seit Tagen kein Gefühl mehr zu meinem Äußeren; kein negatives, kein positives, kein inszeniertes, gar keines. (Wie wäre es Narziss wohl ergangen, wäre das Wasser trüb gewesen, in das er blickte? Hätte er sich nie in sein Spiegelbild verliebt, in was dann? – Vielleicht ist es besser einen Spiegel zu lieben, als gar nicht zu lieben.) Doch ausgerechnet jetzt kommt er zurück, der Drang, und ich bitte AURORA noch einmal um einen Spiegel. Was ich bekomme, ist kollektives Kopfschütteln. Ich möchte mich sehen, sage ich verzweifelt, drehe mich zu Lasse, flehe ihn an. Ich möchte mich doch nur einmal noch sehen. – Das wirst du, sagt Lasse. Glaub mir, er zeichnet etwas in sein Skizzenbuch, das wirst du.

✦

Die Schmerzen breiten sich aus.

✦

Noch ein Zitat: Eine Kunst, bei der es um weniger als Leben oder Tod geht, wird sich selbst nicht überleben. – Wer das geschrieben hat, frage ich. Das warst du, sagt Lasse. Das hast du geschrieben, vor sechs Jahren.

✦

Sie geht unter. Vor meinen Augen sehe, spüre ich, wie die Mitternachtssonne hinter der Gouache verschwindet. Gunnar trägt Schicht auf Schicht auf, und langsam, trotz schwindender Sinne, wird mir das Motiv klarer, nimmt die Idee endlich Gestalt an: *Die Vermessung des Todes*. Die Leinwand, sie zeigt die Welt nach dem Ende der Welt – unserer Welt. Bisher waren AURORAs Bilder nur eine Vorbereitung, ja, jetzt ergeben sie alle einen Sinn, fühlen sich plötzlich als Teil einer größeren Erzählung an; einer Erzählung, die hierher führt, die den Weg vorgezeichnet hat zu diesem einen Werk, das vor meinen Augen entsteht, für das ich mich eingebracht, mich aufgeopfert habe, und ich werde die Erste sein, die es zu sehen bekommt: das absolute Kunstwerk. – Jetzt verstehe ich das Bild im Keller, die blutigen Alken an der Klippe, ich verstehe den einäugigen Polarfuchs (das langsame Tiersterben), die nackten Kinder im Schlittengespann (die menschliche Selbstausbeutung) und den zu großen Reifen im Schnee (das überholte Rad der Zeit); all diese Bilder haben eine Welt aufgebaut, die AURORA mit diesem finalen Werk wieder zerstört: Alles Leben stirbt, ist bereits tot, abgelaufen, untergegangen, und nur die Landschaft überlebt uns. Was nach dem Ende bleibt, ist der Ruß – schwarzes, lebensleeres, allumfassendes Gestein. Aber ist es das schon? Soll es das *wirklich* gewesen sein? Wo ist die Angst, der Munchsche Schrecken in der arktischen Apokalypse, dem blutroten Himmel über der endlosen Einsamkeit des Nordens – wo ist die größere Emotion? Henrik hatte recht; sie ist immer noch zu schwach, die Farbe. Immer noch fehlt etwas; vielleicht nur ein Detail.

## 11. November

Ich erwache durch ein lautes, sehr energisches Klopfen. Es dauert einen Moment, dann begreife ich, dass es von draußen kommt. Jemand klopft an die Eingangstür, klopft erneut, es klingt nervös, ungeduldig. Ich versuche, den Kopf zur Gangseite zu drehen, doch der Schmerz im Nacken ist zu stark, der gesamte Körper, alle Muskeln am Stuhl sind verspannt (Gunnars Massage hat nicht lange gewirkt). Ich schließe die Augen und lausche, wie einer der Künstler die Tür öffnet. Dann höre ich zwei leise Stimmen; die eine gehört Gunnar, die andere kommt mir auch bekannt vor … Eine seltsam vertraute, sehr aufgeregte, sehr hohe Männerstimme, eine Stimme, die ich schon einmal irgendwo gehört habe; nein, nicht irgendwo – genau hier, an der Tür: die Stimme des Boten. – Ja, kein Zweifel, die Stimme gehört dem Postboten, der am ersten Morgen hier das Paket mit dem Kopfhörer ablieferte, ich erinnere mich, er schien mir damals schon aufgeregt – ich reiße die Augen auf, schlage im Journal nach, blättere zurück zum 6. November, plötzlich hellwach, ja, »hektisch, nervös« habe ich geschrieben, »doch keine Ahnung, in welchem Kontext«; und auch jetzt klingt seine Stimme so, klingt, als würde sie auf Gunnar einreden, sich erregt über etwas beschweren. Ich lausche. Der Bote wird lauter, emotionaler. Hin und wieder unterbricht ihn Gunnar, doch im Grunde ist es nur noch eine Stimme, die bis zu mir hallt – dann eine dritte,

Lasse kommt hinzu. Es klingt, als wolle er den Streit beruhigen – doch worüber streiten sie? Der Bote wird noch lauter, ungehaltener, seine Stimme überschlägt sich. Und dann fällt es; ich lausche konzentriert, um ganz sicherzugehen, dann höre ich das Wort erneut und unmissverständlich: Der Bote hat »RETTEN« gesagt. Und plötzlich erinnere ich mich, dass er es auch damals gesagt hat, am ersten Morgen (es fühlt sich wirklich an, als wäre es *damals* gewesen), er sagte RETTEN – *das* war die Quelle, die eigentliche Inspiration für meinen Traum! *Er* hat mir die Botschaft gesteckt, in mein nächtliches Unbewusstes, hat mir die Parole genannt, die sich im grünen Lichtnebel geformt hat. Und jetzt, endlich, begreife ich: Es ging niemals darum, irgendetwas »retten« zu müssen. Ich habe nicht das deutsche Wort geträumt, sondern das norwegische. – Aber was bedeutet es? Was soll das bloß heißen, was die Stimme draußen an der Tür wiederholt, pausenlos wiederholt, wie kann es verstanden werden, dieses eine Wort – plötzlich fällt ein Schuss, der jeden Gedanken stoppt. Ein zweiter. Dann Stille.

✦

Per legt das Gewehr auf die Werkbank und zündet eine Kerze an. Er setzt sich an den Tisch, fasst nach einem feuchten Tuch, einem Fläschchen Bartöl und einem Bindfaden, und beginnt, damit die Waffe zu reinigen. Ich blicke zur Seite, luge über die Schulter zu ihm; im Lodern der Kerze erkenne ich die dunklen, frischen Flecken auf seinem Kittel. Ich atme zitternd aus, drehe den Kopf zurück und senke ihn tief, tief über das Journal. Höre den Lichtschalter. Dann Henriks Stimme: Was willst du da im Dunkeln putzen, du Witzbold. Seine Stimme bebt. Er fragt, ob Per nicht lieber den Gang reinigen möchte. Es ist keine Frage. Es folgt keine Antwort. Und was dann passiert, sehe ich nicht mehr, blicke nicht hin. In diesem Moment, da schwöre ich mir etwas, ich stelle hiermit meine eigene, meine erste und letzte Regel auf: Egal, was auch passiert, ich werde den Kopf nicht mehr heben. Ich will hier nichts mehr sehen, nie wieder.

✦

Der Sturm der letzten Tage hat sich gelegt. Nachdem ich die Augen schone, schärft sich mein Hören, wird die Stille dominanter. Kein Peitschen mehr gegen die Mauern, keine Armee an den Scheiben, keine Geschichten mehr über den Wind (war es gestern, ich weiß nicht, als Lasse von dem Künstler erzählte, der den Wind porträtieren wollte – und dabei erfror). Ich höre, wenn ich die Augen wieder schließe, den Auftrag des Pinsels auf der Leinwand, ein feines, fast lautloses Wischen, eine zärtlich stimulierende, neckende Berührung. So nuanciert und detailverliebt kann nur einer den Pinsel führen: Henrik. Soll er nur machen, denke ich, soll er nur vollenden, endlich vollenden, soll Liebe und Wärme und Zärtlichkeit auf die Leinwand bringen, während der Rest den heißen Kaffee schlürft, mich berührt er damit nicht. Mich lässt er kalt.

✦

Zwei geschliffene Eisblöcke, in Socken gehüllt: Darin enden meine Beine. Das Gefühl in den Zehen verlässt mich zunehmend. Mit letzter Kraft versuche ich, die Blöcke zusammenzuführen, es gelingt mir nicht; zu fest sind meine Knöchel an die Stuhlbeine gebunden. Das Restblut staut sich, und erst jetzt spüre ich den Eimer zwischen meinen Beinen, jemand muss ihn mir in der Nacht hingestellt haben, vermutlich habe ich getropft, rieche noch die Spuren. Ein letztes Mal versuche ich, die Eisfüße loszureißen, sie einander zu wärmen, zu berühren. Ohne Erfolg. Das Einzige, womit ich mich berühren kann, ist die freie, linke Hand – meine Schreibhand ist die letzte Möglichkeit, mich von mir selbst zu vergewissern. Zumindest diese Sache hat sich nicht verändert, war im Grunde schon immer so gewesen.

✦

Ein endloses schwarzes Quadrat vor Augen, höre ich meinen Namen. Valerie, ruft jemand, ich höre nicht hin, starre weiter nur in das Journal hinein, will nichts mehr sehen und nichts mehr wissen; nur das eine noch. Ohne den Kopf zu heben, bitte ich um eine Frage. Aber natürlich, sagt Lasse. – Was heißt das, »retten«? Was wollte der Bote damit sagen? – Per beginnt, leise aus der linken Ecke zu lachen. Was daran komisch ist, frage ich. Er imitiert die Stimme des Postboten, sagt etwas auf Norwegisch. Er hat uns mit dem Gericht gedroht, das heißt es. Ich atme aus. Hat er von Aaron und Elsa gewusst, frage ich. Keine Reaktion. Was er auch gesagt hat, was auch immer er unternehmen wollte, er hatte recht. Pers Lachen verstummt. Ich höre, wie er aufsteht, sich am kahlen Hinterkopf kratzt, er tritt auf mich zu, lehnt sich nah, ganz nah an mein Ohr. Falsch, flüstert er, das Werk hat immer recht.

✦

Dunkel. Noch einmal eingenickt, den Kittel durchnässt. Aus den Händen ist die Farbe gewichen, sie sind nur noch Schatten, sehnendurchzogene Schatten. Der Kittel verhüllt nichts als ein Gespenst. Doch es erschreckt mich nicht; nicht mehr.

✦

Schmerz; keine Angst.

✦

Wieder fällt mein Name. Doch nein, ich tue ihnen nicht den Gefallen, reagiere nicht darauf, blicke nicht hoch, halte den Kopf weiter gesenkt, die Augen gekniffen, es ist meine Entscheidung. Ich will nicht mehr, kann nicht mehr anders. Ich habe genug gesehen von dieser Welt, habe alles versucht, es hat nicht gereicht. Ich werde die Daltons nicht mehr hinter Gitter bringen und nicht in den Sonnenuntergang reiten. Es ist zu spät, zu spät für alles. – Es ist so weit, höre ich Lasse sagen. Es ist vollendet. Ich presse die Augenlider aufeinander, den Kopf tief über das Papier, meine Nasenflügel inhalieren, berühren es fast, und ich sehe nichts, schreibe blind, schreibe weiter. Die Stimmen lauter. Mach doch bitte die Augen auf. Wenn das nicht zu viel verlangt ist. Sieh es dir an, das ist unser Werk. Sieh es dir an, mach die Augen auf, Valerie. Mach sie endlich auf. – Ich schüttle den Kopf, zwei Schlitze öffnen sich in meinem Gesicht, bleiben auf meiner Handschrift. Ich werde die Augen nicht aufreißen, nein, ich werde nicht hinsehen, werde nicht schreien, nicht erstarren. Ich werde es nicht betrachten. – Mach die Augen auf, Valerie. – Nein. – Du fragst dich, warum du hier bist, du willst wissen, was wir hier tun, dann mach endlich die Augen auf und sieh verdammt noch mal auf die Leinwand! – Nein. Ich will nicht mehr hinsehen, ich will keine Spiele, ich will gar nichts mehr. Ich will nur noch ein Ende, will für immer verschwinden.

✦

Ihre Hände packen mich. Gunnars Hände sind es wieder, doch diesmal wendet er Kraft auf, reißt mich mit dem Stuhl von der Werkbank weg, dreht mich zur Seite und fixiert meinen Kopf in seinen gewaltigen Handflächen, sie halten mich fest wie ein Maschinenarm. Lasse gibt die Anweisung, seine ruhige Stimme hallt über den Schmerz, meine Augen bleiben geschlossen. Plötzlich spüre ich noch eine Hand im Gesicht, sie reißt mir die Lider auseinander, ein grelles Licht blendet auf, und ich sehe Henrik vor mir, im sauberen, weißen Kittel. Er hält eine Chirurgenschere und eine Pinzette in den Händen, er fasst mein linkes Lid mit der Pinzette, er dehnt es und führt die Schere an das Auge; ich brülle; ich schreie; ich kreische unbeweglich, mein Kopf ist eingeschlossen zwischen den Riesenhänden, das Blut rinnt mir dickflüssig über den Augapfel. Henrik lässt es unbeirrt, er arbeitet präzise, perfekt, wie in der Küche, wie an der Leinwand; er schneidet mir behutsam in die zarte, papierdünne Haut; er nimmt mir beide Augenlider ab.

✦

Ich schreie in blinder Dunkelheit. Irgendwann, später, jetzt, setzen mich die Künstler zurück an den Tisch, vor die Leinwand. Mein Kopf wird angehoben. Ein Tuch angesetzt. AURORA wischt mir das Blut aus den Augen, und dann sehe ich.

✦

Ich blicke, weil ich nicht anders kann, auf das fertige Werk – und sehe mich. Ich blicke auf die vollendete, absolute Leinwand und gleichzeitig in mich selbst; und in einer Sekunde, da sehe ich alles. Ich sehe den Schweiß, den Schmutz und all das Blut, das in dem Werk steckt, ich sehe meinen Abdruck, ich sehe meinen Beitrag, den ich vor sechs Jahren verfasst habe, ich sehe den Übergang, den nur ein Meister darstellen kann, ich sehe die festgehaltene ewige Flüchtigkeit, ich sehe den einen, unsterblichen Moment, der größer ist als ein gesamtes, durchschnittliches Leben; ich sehe und ich begreife, begreife endlich die wahre Idee dahinter: AURORAs Werk zeigt nicht die Apokalypse, nicht das Jüngste Gericht; es ist nicht der Munchsche Schrecken im Tod, den das Werk einfängt, es ist der wärmende Moment der Metamorphose: die Einswerdung des Menschen mit der Welt. Jetzt, wo ich es endlich im richtigen Licht sehe, in diesem Rot, in meinem Rot, da begreife ich, dass ich die ganze Zeit über richtig und gleichzeitig falsch lag; ich habe Lasses Striche gesehen, aber ich habe sie falsch betrachtet: Seine Komposition war niemals Akt *oder* Landschaft – sie ist Akt *und* Landschaft. Die Leinwand, das Bild, es wird vor meinen Augen zum Vexierspiel: Ich sehe die arktische Naturgewalt und ich sehe den nackten Menschenkörper – *meinen* Körper. AURORA hat tatsächlich *mich* in ihr Werk gemalt – sie haben mich studiert, haben mich beobachtet und aufgenommen, und hier haben sie mich festgehalten, und erst jetzt, in diesem Moment, da sehe ich es, im finalen, göttlichen Licht der Mitternachtssonne, die auf den schwarzen Gesteinsblock scheint und meine Umrisse ausleuchtet: Die schroffen Felskanten bilden meine Rundungen, die dünnen, aufgehellten Schneezungen mein Gesicht, Brustwarzen, Nabel und Becken, die Felsvorsprünge skizzieren meine Pose, den Kopf gebettet in der linken Armbeuge, die Augen im Stein geschlossen, friedlich schlafend. In präziser, unfassbar feiner Meisterschaft hat AURORA ein überdimensionales Kippbild erzeugt, das nicht mal Arcimboldo so hinbekommen hätte: Einmal sehe ich die konkrete Landschaft, einmal den abstrakten Akt – doch beides *ist da*, ist jederzeit im Bild vorhanden, und das eine schlägt ins andere, immerzu, wird untrennbar im Übergang, wird zu einem Gebirge aus gehärtetem Fleisch – und es ist mein Fleisch, das ich betrachte, wie in einem Spiegel – ein Spiegel, verdammt, der Spiegel! Ja, doch, das ist er, Lasse hatte die Wahrheit gesagt, das ist der Spiegel, der mich im rechten Licht zeigt. – Und dieses Licht, was für ein Licht! Über allem scheint es, das Licht der Mitternacht, das blutsatte Licht der niemals untergehenden Sonne, das kräftigste, das intensivste, das lebendigste Rot, das ich jemals erlebt habe. In diesem Lichteinfall erscheine ich. Und es geht kein Schrei durch die Natur, es herrscht nur ein gleißender, unendlicher Schlaf.

✦

Es ist so hell, viel zu hell, um noch eine Zeile mehr zu schreiben. Ich mache mir nichts vor, ich weiß, dass ich meine Geschichte nicht mehr weiterführen kann, meinen Auftrag nie erfüllen werde. Aber vielleicht (und das ist meine Hoffnung), vielleicht wird irgendjemand diese Aufzeichnungen hier einmal lesen, vielleicht wird jemand all das hier lesen, und vielleicht wird jemand sehen, was ich sehe, und begreifen, was ich begriffen habe, heute, in diesem Moment: Ich mag mich auflösen, doch das Bild bleibt. Es leuchtet weiter, dieses Licht, ewig weiter, und für immer scheint die Sonne der Nacht. Es wird nicht dunkel.

# Stellungnahme

Wien, 13. November 2018

Nach dem tragischen Ereignis von vergangenem Sonntag sehe ich mich als Leiter der Abteilung dazu verpflichtet, eine erste Stellungnahme abzugeben, um einige Dinge zu klären bzw. richtigzustellen.

Es ist eine gängige Praxis in unserer Klinik, die Patienten zu ermutigen, eine Art Tagebuch zu führen, in dem sie ihre persönlichen Erfahrungen während des Aufenthalts reflektieren. Diese Aufzeichnungen verstehen wir als freiwillige Selbstkontrolle, d. h. sie werden weder in der Gruppe thematisiert noch vom Personal durchgesehen. Damit wird die Privatsphäre der Patienten respektiert und die geringstmögliche Hemmschwelle in der persönlichen Niederschrift gewährleistet.
Ein weiterer integraler Bestandteil des Entzugsprogramms ist die Minimierung von äußeren Stressfaktoren, weshalb die Patienten aufgefordert werden, während der gesamten Aufenthaltszeit in unserer Klinik ihre Telefone abzugeben. Diese Regel gilt

ausnahmslos und wird bereits vor Antritt kommuniziert.
Nicht korrekt sind die Gerüchte bzgl. des abgeschlossenen Zimmers der Patientin. Aus Sicherheitsgründen werden in der Abteilung generell keine Schlüssel für die Patientenräume vergeben. Die Zimmertür konnte demnach nur von Vogler selbst versperrt worden sein.
Unklar ist bisher noch, warum auf Beschwerden der Patientin nicht eher eingegangen wurde (Vogler soll wiederholt darüber geklagt haben, dass zu wenig Licht in ihr Zimmer scheine; eine potentielle Verlegung aus dem Nordflügel wurde allerdings nie angewiesen). Alle vier Stationsbetreuer werden sich dazu äußern müssen. Es sei jedoch an dieser Stelle betont, dass derzeit keinerlei Verdacht auf eine Misshandlung der Patientin vorliegt. Nach aktuellem Stand hat sich Vogler sämtliche Verletzungen selbst zugefügt. Endgültige Gewissheit wird der Obduktionsbericht ergeben, der zum jetzigen Zeitpunkt noch aussteht.

Allgemein muss festgehalten werden: Trotz möglicher Fehleinschätzungen in der Präventionsarbeit scheinen die Motive hinter Voglers Tat weitaus komplexer als sich bisher eruieren lässt. Ob der Suizid letztlich zu vermeiden gewesen wäre, muss jetzt intensiv untersucht werden. Einige weiterführende Maßnahmen stehen bereits zur Debatte. So ist auch die Überlegung nicht ausgeschlossen, die künftige Tagebuchpraxis einer regelmäßigen Kontrolle zu unterziehen, um Anzeichen einer psychiatrischen Erkrankung frühzeitig zu erkennen und einen schockierenden Vorfall wie diesen in Zukunft zu verhindern.

Prof. Dr. Hermann Contard
Chefarzt Privatklinikum Aurora